無遮鬼

謝曉虹

目錄

推薦集序

「現在我們應該知道，那些被稱作『魔幻現實主義』的拉美小說，其中的荒誕處境、時空之屈摺，以至人物生命的脆危善變，並非來自作家天才獨到的想像，而可能僅是嚴酷現實的指涉，必須逃過審查與虛無主義的陷阱，而必得以身犯險的游擊（與逃逸路線）。

同樣，謝曉虹筆下流變的時空邏輯、不可靠敘事者的夢與回憶，或穿刺全書各篇的明暗喻象鏈接，並沒有妨礙我們一再指認，一場反抗運動與屠殺曾經發生在此城，及其後遺的創傷。書中因為貨不對辦而在菜市場外靜坐的師奶、扯破臉皮原來長得和街坊與老爺一樣的『法』、吃雲吞麵時蛻變成犬類的食客、因收容禽鳥而得在電視上懺悔的人、寄居在一把縮骨遮的厲鬼，或是那些眼睛像『妹妹』的蒙面少年、在電線上不停翻筋斗的體操運動員，亦即生活在此吃子社會的我們，你中有我，我中有你。

小說家的虛構技藝，無力阻擋哪怕只是一顆子彈。在龐大的真實面前，遺忘與憶記，每一句子都那麼艱難寫就。落空之處是哀傷憤怒，還是我們必須通過種種借代與換喻，經過虛構的繁複異境，才能觸碰到撞擊胸膛那無以名狀之物，並重新發現城市包藏著的另一城市，痛苦中包含對自我與他人的珍愛？

《無遮鬼》『無聲與流白』之處，影托出黑夜的深長，但若然它是『一種液態的火焰，暫時裝進一個瓶子』，它被投擲向黑暗之時，也許劃出一下閃光，照見同行者之身影。」

——李智良——

「《無遮鬼》的語言雖延續著謝曉虹一貫的魔幻色彩，然而小說中的字詞所到之處，皆如被法術覆蓋而迅速衰敗蒼老。其中有一種來自時間威脅的斷裂張力。書中的街道、樓房、地下鐵……在她的筆下，都彷彿隨時可以被收進一隻皮箱，摺疊帶走。這些被微型化後的街市樓道，如同一顆顆精巧的金屬砝碼，同時具有等重的輕盈與持重，彷彿是為了便於攜帶與上路。它是倖存者的巷戰裝備，時代天秤上的計量單位，一端維繫著詩的尊嚴，一端面向如同深淵般的世界。」

——言叔夏

「當下香港那種潮軟的畸型，在謝曉虹筆下又再三變奏變異，竟然有種撥亂反正的感覺。只因為我們都不願再被欺哄。《無遮鬼》結集中的妹妹，像《鷹頭貓與音樂箱女孩》中的愛麗絲一樣，在城市的暗處一往無前，替我們去長大所以也永遠長不大，藉著替我們死過了，也從而替我們一直活著。尋常的物事不尋常，每個都有自己的底蘊。想來家就是這樣一個，剝了一層皮，又腥臭又尷尬又吹彈可破，但又只能如是交叉感染的場所。」

——何倩彤

「曾幾何時，謝曉虹對『家』好像不屑一顧，視它的離散為一齣喜劇。到了今天，想阻止『家』的崩壞，或者奮力把崩壞的『家』重組，卻變成了一齣悲劇。從〈旅行之家〉一路下來，到了寓寫當下香港的〈逝水流城〉，『家人』不再歡天喜地地出走，而是在掙扎和反抗中被消失；又或者被消失的其實是跟父親、母親和妹妹若即若離的『我』。謝曉虹的近作，筆觸由輕盈變沉重，從前富有童話色彩的巴車、蛇肉棒棒、皮皮黨、流淚表演團，變回現實得不容許距離的魚蛋、兩傘、普普（警察）和法，而後者竟又比童話更虛幻和荒誕。『我』多年前試圖拋棄的巴巴齊，到今天卻反過來拋棄了『我』。『我城』已經不是『我』所熟悉的『城』。『家人』的身體被拋擲，從高處，在地面粉碎，或者沉入大海。於是小說成為了一場法事，祭那些被邪惡巨靈委於路塵的無遮鬼。」

——董啟章

編者前言

《無遮鬼》是謝曉虹的第二本短篇小說集，秉持她一向的魔幻寫實風格，而觸發點多與時事新聞有關。其中〈逝水流城〉完成於二〇二〇，〈暗黑體物〉完成於二〇一九，〈魚蛋秘行〉完成於二〇一六，〈無遮鬼〉完成於二〇一五，〈Contagious Cities: Hong Kong〉完成於二〇一八而內容關於二〇〇三，〈月事〉寫於二〇一〇。

歷來，香港文學中的香港歷史，不少以魔幻寫實方式寫就。《無遮鬼》常動用強烈鮮明的象徵，意象繁複而富於變化，新聞及現實在文本的世界中經剪裁、重組、變形，而指向更深刻的意義。

謝的首本著作《好黑》於二〇〇三年由香港青文書屋出版，後並於二〇〇五年獲得香港文學雙年獎小說組首獎；其後她的書籍大部分在台灣出版——《無遮鬼》距離港版《好黑》，已有十七年。我們認為，《無遮鬼》能在香港出版，是別具意義：肯定創作的自由、肯定文學與現實的曲折關係、肯定本土作家的成就——在一個萬物崩塌的時代這些也將是我們不可失去的底線。

本書曾向藝術發展局申請資助而不獲批，最後由出版社自資。眾所週知，出版資助並不能給予作者多少報償，而主要是資助出版社及印刷業以降低成本。而謝曉虹的著作大可在台灣出版；她這樣屢獲大獎的作家不獲資助，不免令人吃驚——在評審意見中，部分評審出於其本身意識型態的立場而對小說表現出否定及不理解的態度。這也許是所謂的香港新常態的一部分。持守著本來的信念，對有價值的作品作出積極而實際的支持，自己文學自己養——這個時代香港人必須有這樣的警醒。

逝水流城

暗綠色的船

在我曾經居住的地方，那條船一樣搖曳著的鐵鏽牀架上層，能夠夜夜通往一道秘密的裂縫。有時，它會伸出誘惑的舌頭，舔我，在我狹窄的生命裡吠叫出震動人心的片刻；有時，它會潛進我還未成形的夢中，露出閃耀的利齒，像一個熱切的愛人咬痛我記憶的神經。日裡，裂縫卻萎謝成戰後樓房一道癒合了的細痕，就像牆上其他斑斑的痕跡，把時間裡巨大而豐盛的秘密收合起來。

牆是灰白的，走出我們的住處就是暗黑的樓梯，默默通往陽光與塵粒放肆的大街。

這裡草木孤寡，道路四季綻放著那些亂七八糟、菌類似的人群，而他們則著力於四處張揚他們泥黃色的臉皮、顏色紛雜的叫喊。驅趕蒼蠅的肉紅色膠袋在旋轉。陽光平等地爬過鋪在水果攤檔上每一顆圓渾而巨大的橙，爬過它們凹凸不平、宇宙星體似的表面。我看到冒牌手錶掙扎跳動中的指針，顏色俗艷的黏膠纖維圍巾隨風飄揚，還未誕生的、一排被鎖在塑膠雞蛋虛擬世界裡的電子外星寵物如此期待破殼而出。

我無法證明我説的是事實——現在你已經無法找到這些街巷。不是因為一直想要把這個殘舊而貧窮的區域從地圖上像桌面污漬那樣抹除的某大發展商，不是邪惡政權的意志，不是網絡上新聞媒體上胡亂編造的那些，而是因為那個世界本身，那些陽光燦爛的居民本身，那些難以述説的秘密，為了逃避編號、秩序，以及消毒劑的氣味而自發進行的潛逃，就在那些樓房的縫隙裡，化身為扁扁的寬身的蟑螂，觸鬚亂舞，背上刻寫著密碼似的紋理，在世界的暗處竄動。

現在，街道已經不在城市的表皮上，它在城市的更深處，在我們受污染而變得混濁的記憶裡，受海馬體（記憶之神的肉體形態）所保祐。

我承認我擁有一個混亂的記憶之海，像一個貪婪而從不收拾的浮動雜物房。然而，記憶的潮汐一定有著某種與精神相通的規律，因此，在我記憶的海灣，有些事物永久下沉，有些事物卻會反覆地浮上水面來。這其中包括我曾經畫過的一張畫：在那裡，城市金屬與肉慾的身體正在交媾，生殖器拔得很高，像一朵黑色的巨型牡丹！

那時我還是個小學生。一整個下午，陽光乖乖地躺在課室地板上，像瞇起眼睛的長毛犬一樣溫馴、聽話，只是它偶爾會被豬脷，那個走路時屁股高高翹起，頭髮燙金的英語女老師咯咯的高跟鞋聲響敲醒。被我拋棄了的現實以一股玫瑰花露水的氣味飄到我的跟前。我首先看到她高跟鞋銳利的尖頭，然後便是夾在那裡透過肉色絲襪向我說話的腳趾縫——我幾乎因為一道秘密的縫隙被她迷惑住。

「你的畫有未來主義的風範。」

我抬起頭來，看到豬脷的臉一本正經，便禁不住糾正她說：「不，這並不屬於未來，這是屬於過去的。」那時我沒有跟她解釋，畫作寄託了我對這個城市工業時代的懷念。巨大而明目張膽的工業時代。重型機器。鋼鐵的撞擊。夢似的蒸汽。

其實我從沒有目睹過據說人們像蟻一樣勤勞便會成功的幸福歲月。它早就煙消雲散，只不過殘留於我所讀到的課本，以及深夜重播的黑白電影裡，一再強化那段關於我們城市的黃金傳說。從北方逃難來的人群，像蒸汽機一樣活力充足，推動著我們的城市機器高速轉動。

據說那是一個人人都可以成功的年代，似乎只有我們（我，我的父親和母親）違反定律，仍然像那些滿懷恐懼的偷渡者，蜷縮寄居在一條暗綠的船上，屏息靜氣，在暗夜裡張著貓一樣警覺的細長眼睛，我們的利爪只是刺進自己的皮肉，我們無形的尾巴高高豎起，對自己的存活不敢聲張。

我默默抄寫，默默背誦著那些對歷史毫無反省的歷史課本，以帝國統治者的立場來解讀時代的成敗，把人民的沉默與順從，看成一種長治久安的福祉。我背誦它們，同時懷著對真正猛獸一樣的歷史的恐懼穿過它的內部，像是穿過新建起來的一幢室內街市，濕滑的地面流淌著腥臭同時泛著鱗光點點的污水，被割破喉嚨的雞最後的叫聲沉沒在電視屏幕上。

父母親看著電視上風車旋轉型的六合彩攪珠機，打著煲呔的夏春秋逐一講解跌下來的合成塑膠圓球，每個圓球上都有一個象徵希望的號碼。每一個人都手握著被數字填滿的彩票，全神貫注，好像真的有一組秘密的號碼等待他們認領，某扇意外的門會突然在虛弱的牆上顯現，有人推開門把另一個世界帶進來。而我則把自己關進房間裡，努力背誦書本上的謊言，像背誦一組電腦程式的隱密編碼，好把自己完美地嵌入城市工廠機器的內部。

我早就知道，巨型的機器已經失去了聲音，可見的明刀明槍的工業時代已經消失了。但那時，我還沒有意識到，隨之消失的還將包括她——那個穿高跟鞋的豬脷、學校園子裡相思樹帶動的微風、不必奏國歌仰望升降國旗的操場，以及把球丟到操場中心以後，空空洞洞的聲音。然而，工廠其實無處不在：學校工廠、家庭工廠、語言工廠、臉孔工廠、意識工廠、希望工廠……這些工廠或巨大如無法穿透的宇宙，或微小如無法覺察的細胞。

我再次看見陽光氾濫的下午站在街角剪牛雜的大叔，鏗鏘地剪出一個明亮而細碎的世界，他的格子襯衣皺褶裡潛伏著許多陰影。必定有甚麼出了錯，不是微小的錯，而是徹底地壞掉。城市的囈語藉著牛雜大叔咧開的嘴，從他嘴角流淌的唾液漫溢出來。我開始聽到那些巨響。當新聞裡一再報導抑鬱症教師墮樓的消息，我的腦裡總是出現豬脷閉起眼睛，雙手張開像十字架一樣的形像。當她迅速墜落，那個B字牌子的卡其色風衣便鼓脹如帆船。

聲哈利路亞

親愛的，請容許我以雙手抱緊你的臉，即使，這樣我會把你擠壓得牙關發抖、臉容扭曲。然而，只有這樣，你才能專注地看進我的眼裡，看進我的瞳孔。你是否看到暗夜裡那些微弱的火光、香燭燃點時裊繞上升的煙霧？

我放過鏡中的人，專注地想起那些持續發放的求救訊號。那時，我們在選定的日子，集體焚香跪拜，向廟宇裡粗製劣造的滿天神佛對牛彈琴。我們早就知道，一切都是徒勞，因為土黃色鬥雞眼的天后娘娘既不哀傷也不動怒，臉紅耳赤的關公拿著一把鈍刀總是痴呆地立著。結果有些人選上了頭髮留得比搖滾樂手還要長的受難者耶穌，跟隨他到海傍路上，徹夜高唱：Sing Hallelujah! Sing Hallelujah to the Lord!

節日裡的煙火持續地爆炸，一串串從摩天大廈的頂端垂落到海上，炸得人們眉開眼笑，帶著醉意的嘔吐物歡快地流瀉，散發著帶有傳染性的酸味。我們聚合在街道上，我們跪求在地上。嚓嚓嚓嚓。集體搖晃的籤筒抖動。一年復一年，只有皮笑肉不笑的車公大元帥丟給我們那些神祕的密碼，玄之又玄的七絕——「石田為業喜非常，畫餅將來未見香。」

我捧著一個巨型的盤子，來到了節慶的高潮。大概在自助餐桌上奮戰了太久，我忽然發現自己已經迷了路。我的盤子堆得那麼高，龍蝦被泡熟了的兩眼突突地看著我，肥大的雞腿油膩膩地坐壓著那些層層疊疊淚滴滴的草莓奶油切餅。我並不感到飢餓，卻開始抓起融化中的切餅塞進嘴裡。無比壯麗的食物之塔會就這樣坍塌下來嗎？盤子是那麼的沉重，我感到雙手愈來愈疲乏，而無所事事的一個侍應生卻在暗處肆無忌憚地笑了起來。

「我要怎樣才可以回到自己的座位？」

侍應生伸手指向一扇敞開的窗，我便看到一座遠去中的城市在海的中央閃閃生輝。餐廳何時已經成了一條船？在我不知覺間，它看來已經航行了許久。

「現在，我要拿這些食物怎麼辦？」

侍應生剛才還有著一張年輕的臉，這時他卻已經老去了，被皺紋掩埋的眼睛充滿了疑惑的暗翳。「這些不都是道具嗎？誰會因為它們的腐壞而感到可惜？」

「那麼，等待我把食物帶回去的那些人呢？」

此時，我聽見一聲巨響。一個顯然吃得太多的人，轟然倒在地上。侍應生走上前去，用力擠壓他的肚皮，直到一串串色澤艷麗的香腸、一顆顆肥美的生蠔從他的嘴裡重新吐出來，侍應生才又回過頭來對我說：「你能確定，他們仍在等待？」

時間難道已經過了那麼久嗎？我明明記得，不久以前，我還能踮著腳站在窗前，看見飛機滑過城市上空時投下的巨大陰影。

那時，我們家第一代的南來移民，不會說廣東話的爺爺嫲嫲已經遷出了當初落腳的板間房。每星期一次，我來到他們那間寬敞的公寓，在那個僭建而成，陽光充沛的露台上赤腳奔走。公寓就在機場旁邊，頭上的飛機時時如巨鳥低飛，結合著爺爺喝罵父親的聲音使人耳膜嗡嗡作響。

那時，我們家裡所有的人都還有呼吸、有嗓門，城市裡還沒有一座屬於我們的山墳，家裡也還沒有一個神主牌，沒有黑白照片上凝固了的臉，天荒地老地躲在香燭背後，維持一個隱密的微笑。那時，我們家的聖壇是那一台墨黑色的電視機，一個有著圓弧立面，暖烘烘的小箱子。當電視劇主題曲響起，熟悉的臉孔像走馬燈在那裡輪轉，我父親便會打開伊伊呀呀的摺枱，讓我們團聚在臨時的飯桌前。

在我曾經居住的那幢樓房裡，居民雖然被粗製濫造的門窗分隔，但卻因著破綻百出的肥皂劇情節而連結成情感的共同體。那是名叫翡翠的電視台的全盛時期。電視台出版它自己的雜誌，每週都像《聖經》那樣預言劇中人物的命運。事實上，我懷疑我們也是無所不包的電視機世界裡延伸出來的角色。電視上的廣告總是像先知一樣，預言以後幾個星期裡，我們大口大口送進嘴裡的冰鮮雞腿肉、我貼上屁股的衛生紙牌子、我和同學們那些卑微而又最閃亮的願望：連鎖快餐店新推出的澆上了加勒比海風情醬汁的牛肉漢堡、隨雜誌附送的一張壁虎樂隊海報、我們曾經立志要集齊一套七款的超級撒亞人系列匙扣……

夜深的時候，我走出客廳，意外地看到電視熒幕上打出「兒童不宜」的警告字眼。我像是發現了重要的秘密，盯著那一列像俄羅斯娃娃一樣笨拙地站著的女孩。她們穿著一式一樣的比堅尼泳衣，只以身上的號碼牌來區分彼此。每當有人叫喚一個號碼，她們其中一個便必須走到麥克風前，接受當一個好色的矮子無理的提問。然而，真正能夠回答問題的人其實已經被換走了。當她們說話時，你會看見她們的下唇竟連著下巴往下掉，一時三刻無法合攏；她們的兩頰和臉的中央分離，露出很深的縫隙。我聽到躲在衣櫥裡的妹妹吃吃地笑了起來（此時，我終於記起，我明明還有一個妹妹！），但當我打開櫥櫃時，才發現那也不過是她的替身。

「只要我們細察彼此，就可以看到造物者斧鑿的痕跡。」拿著手電筒的妹妹爬到我身上，拉起我的上衣，照亮我的肚皮，從我的肚臍開始，她小心地指出了那些縫接的痕跡。妹妹拉住了我的手說：「我們可以自由地跳舞，但我們同時要小心翼翼，要不然，我們便會察覺自己每一根手指頭都有一條細細的魚線牽著，這時，我們便會因為生出了自己的意志而再也無法和操縱者無間配合，終於只會摔上大跤。」我想要伸手撫摸妹妹的臉，好驗證她的真身，但她的臉是如此光滑、冰涼，而她的身體忽然已經離我很遠。

妹妹的臉在電視屏幕上消失以後，我便在睡夢中聽到了槍聲。我重新扭開電視機，期望知道槍聲從哪裡傳來，然而，像布偶娃娃一樣的新聞報導員居然沒有微笑，也沒有告訴我任何新聞，只是對熒幕另一端的我，抽抽搭搭地哭了起來。

餐廳裡的燈光何時變得如此黯淡？我感到手上的食物巨塔無比沉重。城市如今就像海面上的一點星火，像暗夜裡僅僅讓人可以摸索前行的常夜燈。許多食客和侍應生已經伏在甲板上沉沉睡去了，海浪聲不斷灌進我的耳裡。我是否也應先好好睡上一覺？畢竟，重新回到座位去的路途是如此渺茫。

黑豆煲豬尾

我總是一再聽見肉體撞擊地面的巨響，像隕石穿過無法數算的光年，把我的腦袋敲鑿成美麗的珊瑚狀，把我壓進暗黑的汪洋海底。我從書冊上看見過我們城市附近海域種類繁多的珊瑚：秘密角蜂巢珊瑚、肉質扁腦珊瑚、腐蝕刺柄珊瑚……。沉到海底的人們是否都看到了那些珊瑚奇異的臉面，然後才含笑閉上沉重如石頭的眼睛，並終於像泡沫一樣從水底升起？

自從豬脷在這個世上消失了以後，再沒有其他老師在經過我的座位時，指出我的畫有未來主義的風範。或者，那是因為我已經再也畫不出過去與未來。當他們談論過去，他們談論的是上一次模擬考試的成績；當他們談論未來，他們談論的是下一個星期的測驗題目。「他們每一個手上拿的都是臨時合約。」我拉開抽屜，抽屜的底部只有幾塊脫落的木屑，以及老木發霉的味道。然而，只要我把耳朵貼近去，便能聽到妹妹的聲音。

我回到家裡時，故意把嘴巴張得很大，任何人只要湊近來都可以看見一個很深的黑洞。母親露出不能更諂媚的笑容，反覆問我今天晚上要吃些甚麼。要喝豬肉蓮藕湯，還是黑豆煲豬尾？「你難道從沒有聽見那些巨響嗎？」我想起前一天，我在清晨時分走出客廳，從窗口望向街心，看見幾個還沒有睡醒的警察。當他們抬起頭來看我，我的耳膜便嗡嗡作響。我用心等待他們向我宣告一些甚麼，但他們終於甚麼都沒有說，只有嘴角像是被甚麼牽扯著，一張臉皮悄悄地波動起來。

「死因沒有可疑。」我喝了一口濃黑的湯，在深海一樣的湯水裡，有一截像手指頭那樣粗的豬尾顯露出來。那溜滑的東西尖刻地打量著我。「死因沒有可疑。」它抖動著，在湯裡笑了起來。

我們的課室裡有一個座位空了出來。最初的時候，我懷疑那是阿柴。我跟其他同學說：「我們不會忘記阿柴的，他有一張很長的臉，像是很粗的節瓜，臉青青，毛毛的，說話的聲音比別人低八度……」「那一次，我們撿到一隻巨大無比的死甲由，便把它放進他的中國歷史課本裡。甲由在那裡被夾得很扁，兩條觸鬚伸出了書外。我們說，把它當成書籤最合適不過。」

但我們一同看著那個無人佔據的座位，又覺得它可能一直以來就是虛空地存在著。課室裡空置的座位不止一個。這個城市的出生率不斷下降，有些學校整座被廢棄了，成了巨型的立體公墓。我們摸黑潛進去，欣喜地發現在黑板和木造的座椅之間長滿了雜草。我們在雜草之間玩伏匿匿，在那裡發現過期雜誌上一則八卦新聞。那些肉嘟嘟的臉龐和胸部猙獰展現在彩色的亮面紙頁上：是某個豪門家族爭產案還是桃色糾紛？我們決定以唸詩的方法高聲朗誦那篇報導，而這可笑的行徑在黑暗的庇蔭之下，竟被一種神秘的氛圍提升起來，使我們覺得自己忽然超越了時空的限制，成為了某種高貴的存在。

從廢校走出來後，迎接我們的是一條暗黑的道路。道路的彼端，有甚麼一閃一閃的，像月光寶盒一樣在等待我們。

那是一個孤伶伶的公廁。

公廁天花板上的光管大概壞了，忽明忽暗，照出了許多尿兜的鬼影。廁格的門都關上了，門縫下卻是空空蕩蕩的。某個電影情節填塞了我們所有的想像。我們小心翼翼地把廁格的門逐扇推開，但最後一扇門卻緊緊鎖上了。我們聽到裡面窸窸窣窣的聲響。是人還是鬼？有人用力把門踢開，然後，我們便發——足——奔——跑。

我們懼怕甚麼？我們喘著氣笑了起來。廁格裡明明不過只有一雙沒有睡飽的眼睛，蹲坐在屎塔上。有一雙手在暗裡伸出來，手裡緊緊捧著一個發泡膠飯盒。我試圖回憶廁格裡的氣味：那盒子裡可是叉燒油雞飯？

有一陣子，我們吃的那麼多，然而肚腹卻總是空空蕩蕩的。在午飯鐘聲響起前，我們最關心的，是要從駛進校園的流動餐車裡，搶到幾盒叉油雞飯，雖然躺在白飯上那幾塊乾瘦的叉燒被染成一種可疑的橘紅色，但是相比各種漿糊狀面目模糊不可辨認的菜汁肉汁，它們明亮廉價的樣子仍然最使我們心動。

中午時分，當我們在走廊裡向著餐車奔走，偶爾會瞥見班主任憂鬱而深不見底的雙眼，校長注了鉛的腳步聲從另一端傳來，他的身後再次跟著好幾個到學校巡查的陌生人。

有一張通告發下來。我們誰也沒有耐心讀上半截的內容，只是看到下半截的回條上寫著：「我許諾我很快樂。我許諾我不會自殺。」我四顧一看，確認牆上沒有可見的刑具。但通告上印有一道刀痕一樣的橫線。只有簽名，沒有是／非的選項。或者我們接受，或者我們被淘汰。

「這一切都不必當真。」有人哈哈一笑，說我們應該把通告當成其他功課一樣，不過是必須完成的笑話。我別過臉去，望著靜默無聲的窗口，想起有一個人，曾獨自立在多風的天台邊上，一條橫伸出去的腿慢慢提了起來，兩手打開，作出平衡狀。

「這一切都不必當真。」

這個城市裡一個季度裡有二千多具死因不明的屍體，二百多宗自殺。每一個季度。艷紅的木棉花落下來。雞蛋花綻放。我站在天台的邊緣上，一條腿慢慢提起來，感到有一隻手正伸向我。

這手究竟想要把我拉住，還是把我推下去？

有人在我背後說。來吧，就當這是一場遊戲。一二三，紅綠燈。我獨自看著前方，想像許多人和我一樣，聽到了相同的指令。我獨自，同時也和這些人一起，小心翼翼，奔逃向前，想要及早觸碰終點。

如果這是一場遊戲，城市就是一座脆弱的模型。根據遊戲的規則，只要我的身體稍稍搖晃，一切便會崩塌粉碎。但我終於還是禁不住回過頭去，發現這個城市原來早已經被換成了另外一個。

我無法分辨有甚麼已經消失了。我再次聽到肉體撞擊地面的巨響，我的記憶碎成了萬花筒。我在自己的書包裡找出一本筆記本，在上面寫著：「我要記下五個不能忘記的事物：（一）像節瓜一樣的阿柴的臉；（二）在我樓下被抬走的人形麻布袋；（三）湯裡正在發笑的豬尾；（四）我許諾我不會自殺；（五）妹妹的聲音藏在抽屜裡。」

甩繩洋娃娃

如今已沒有人願意承認妹妹的存在，只有我在心裡慶幸，妹妹老早就逃出了我們的生活，像一個從窗口逃去的皮球，在白日反光看不清楚前方的蒼白馬路上，僅遺下一拍一拍彈動的聲響。

當父親仍在玩具廠裡工作時，每隔一段時間，便會帶回那些不符合規格的娃娃。我小心翼翼地檢查她們，始終無法判斷，她們究竟是按怎樣的準則被淘汰了的。有一個穿著巨型蓬蓬花裙的娃娃，身子很短，笑咪咪的，卻沒有腳。裙子底下有一個圓形的座枱平面，中間是一道很長的拉鏈，拉開它你就可以看見裙子內空空如也，誘惑你以亂七八糟的秘密把它填滿。

妹妹穿上純白色近乎透明的校服裙，圍上藍色的塑膠腰帶走出了家門，但她並沒有回到學校去，因為她的頭髮像是被炸彈炸過，她的手指甲全都是黑色的蔻丹。她的腿很矯健，像爬樹一樣爬上一根兩層樓高的電燈柱，然後垂下頭來看我：「你永遠不知道自己需要的是哪一種技能。你永遠不知道你居住的城市何時會爆發戰爭。」

「有一句電影對白是這樣的：如果我此刻死去，世界也將同時消失。」「你以為說這句話的是一個瘋狂的女子，然而，如果你看看自己的肚臍眼，你就會知道，這個世界裡所有的人都被一根無形的細線牽繫著。當有一個人翻身從天台躍下，即使我們全都睡著了，每一個人都已經微微傾側。」

我得坦白承認，有一段時間，我幾乎完全遺忘了妹妹。那時，我一星期六天工作，買了一輛二手汽車，放工後便獨自出發找尋我們城市裡工業時代的遺跡。拿著駕駛盤，腳尖一蹬，汽車原來那麼容易便穿越整個陰冷等待拆卸的工廠區。在滅絕景觀的速度裡，我依稀看見馬路兩旁停泊著體形龐大的貨車。它們在夜色裡像暫時死去的非洲動物，零星的工人在落貨，但看起來卻像是在區域重建前提早出沒的幽靈。

我發現自己其實對工業時代已經失去興趣，汽車迅速駛入人影疏落的住宅區，和兩枝孤伶伶的交通燈相遇，駛過無人的斑馬線，轉入雙行的環形路段，在迴旋的道路上，混濁的城市被逐漸收窄，沿山坡走了一段，我的汽車終於停在一個無法前行的綠色大閘前。

綠色大閘背後烏天暗地。不止一次，我來到的時候，它已經鎖上。閘前只有兩三輛被夜色抹塗得詭秘靈異的汽車，無目的似地晾在那裡。我懷疑，在那秘而不宣，協定了互不追究的時刻，那些鋼鐵生物，竟一同沉到了城市的海底。通過車窗玻璃，在零度的夜，我便陸續見到那些神奇的表演者。

我希望能夠用畫筆，給你重新描畫出一個螢光單輪車雜技少年、倒立而行的中年婦人，或蛇形跳躍在一列鋁罐上的輕盈男體。然而，事實不免會為難得抵達的涼爽風景，以及以此為底本的記憶，覆上一道可笑的摺痕。雖然我不願意承認，但事實上，我那時並非孤身一人，而我驅車到山坡上去的原因，不過是與某個情人鬼混。對於窗外的奇異世界，我竟視若無睹，以致我完全無法記起，像夢一樣流過的是一些怎樣奇異的水族人類。然而，在某個關鍵的時刻，我還是看見了幾個黑衣蒙臉，像黑玫瑰女俠那樣突然流星閃過，幾乎是義無反顧地疾奔上山的少女。

那是發生了多次，或僅僅是在往後的 déjà vu 裡重複著，她們二話不說，敏捷地爬上鐵閘，投奔另一個世界的狂熱姿態？閘門的另一面漆黑如洞。究竟是甚麼在那一邊等待著她們？

我聽到引擎重新發動的聲音，日常依著滾輪的慣性，在高速公路上前行。那段日子，一切像平面風景順滑無痕，而我便時時懷著在風中解體滅絕的渴望（是滅絕而不是死亡，彷彿那是通向另一個世界的爆炸力）。我確信，跨過那一道界線後，那些少女便再也不會歸來，而我，若能緊隨她們的步伐，便能把自己乾淨輕盈地重新投向某處。彼時確是最佳的時刻，然而，我卻羈留於此世庸俗的替代品，以腐爛的形式，錯過了，那唯一的機會。

我發現情人已經不在座位上，她的臉像一個水中的泡沫消融於夜之大海。我怎樣也無法想起她的名字。直至汽車駛到了主幹道上，紅色的交通燈亮起，制止我繼續前行，我重新望向身旁的座位，卻發現妹妹正坐在那裡。

妹妹戴著耳機，入神地聽著甚麼。

對不起。我說。交通燈由黃轉綠。在我身後，受阻的車輛發出叭叭的聲響。

「你記得那個歌手的名字嗎？奇怪，我一直反覆聽他的歌，現在竟完全無法記起他的名字。」「有一天，當我們一起聽著這首歌，他的名字忽然從電視上消失了，然後便是他的臉、拿著麥克風的手——但我們明明仍能聽得見他的歌聲。」

我搖了搖頭。對不起。我說。

父母親為何都不再提起妹妹？如果我的房間裡原來不是還住著另一個人的話，為甚麼我會睡在雙疊牀上？我總是睡在上層，任由天花壓頂，任由發黃的牆紙底下，一個又一個過氣的夢潛入來佔據了我的夜。那些夢究竟是屬於我的還是妹妹所暫借？父母親甚麼都沒有說。拖鞋從走廊的一端挪到了另一端。收音機調節頻道的旋鈕被轉來轉去。報紙的一頁翻過了，幾件衣服被收走。我們的公寓反覆以微小事物竄動的光影來取消對話。

每個月我用尺子把一疊鈔票壓在母親的化妝台上，像在搖晃的椅子腳下塞進甚麼，生活會因這幾毫米變得稍稍平衡安穩，雖然我們仍然居住在窄小的公寓，父親總還是搜索著報紙，一點點折下優惠券。無人在家照看時，父親便像小偷一樣，到某快餐店去點最便宜最沒營養的午餐，欣喜地吃下他省回來的十元八角。超級市場的印花，母親一張一張地存起來，為了每隔一段日子便換回來一個天堂鳥圖案的瓦煲或盤子，然後笑著把它們從廚房裡端出來。母親的笑有時像一種巫蠱，她那麼小心翼翼地確保爐火每天按時燃燒起來，以日常的香氣毒殺我們的記憶。

對不起。我再次望向妹妹，發現她穿著黑玫瑰女俠一樣的衣衫。她和那些爬上鐵閘，投奔另一個世界的少女是同一夥的嗎？然而，閘門的另一面漆黑如洞。沒有人再提起妹妹。

雙疊牀的下層總是堆滿了不必要的雜物。或者是因為那樣，我的夢才常常在中途擱淺，無法再向前推進。有時，當我張開眼睛，仍會想起我那輛笨大的二手汽車，甚麼時候，它終於在公路上報廢？我在倒後鏡裡望著那些被堵在路上的，無比憤怒的汽車，感到非常困惑。令人苦惱的，不是車子已不再向前驅進，而是我怎樣也無法記起，自己原來準備要到哪裡去。

蓮藕的爭戰

事物的毀壞究竟是像骨牌那樣由一個力點開始伸延開去，一塊塊滑落倒下，還是像被白蟻蛀蝕的木頭那樣千瘡百孔，在最後一根支柱消失了以後，終於一下子潰毀化灰？如今，常常在我混亂的記憶之海浮現出來，有那麼一個關鍵的場景。那是當母親把兩腿打開成九十五度，蹲坐在廚房門口一把矮櫈上，低下頭去忙著給豆莢拉絲的一幕。母親反覆不斷自腳邊那個塑膠盆裡執起一瓣肥大飽滿的豆莢，手腳麻利地從豆莢蒂頭折下一小段，然後拉出那些彎彎曲曲如觸鬚的綠色事物。她是如此的全神貫注，因此沒有注意到，廉價的染髮劑及反覆的電燙使她的頭髮看起來就像一隻久沒梳洗打理過的泰廸犬。

我必須承認，在一段很長的時間裡，我確實在心裡把母親貶抑為犬類的生物。家裡有一股奇異的氣味，彷彿來自小狗撒下的尿液，以母親為中心輻射出去一個她的勢力範圍。那是我們家裡的電視機變得比我們的飯桌還要巨大，而我已經不再看電視的時代。報導員愈來愈拙劣的謊言卻通過二十四小時的新聞台，反覆地加深我和父母親之間的鴻溝。我和母親的談話永遠無法跨越她以洗衣機和椰子煲雞湯之類的話題搭建成的迴廊，抵達任何有意義的領域。

誰也不曾預料，赫然把順直日常咔嚓一聲扭斷的，是一截蓮藕。那天，當母親把摘好的豆莢捧進廚房，如常掀起煲蓋，探頭察看不鏽鋼湯鍋裡的動靜時，忽然發出了一聲憤怒的震顫——「這些根本不是蓮藕！」在那一刻，當母親扭熄了爐火後，竟不怕沸騰的熱水，把手伸進湯鍋裡去，抓住浮出水面的那一小截蓮藕，把它整塊抽出來，像戰士抽出長劍那樣，手執著它走出了家門。

那天，母親向著菜市場邁步前行，一心要向欺騙她的菜販討回公道。然而，哪一個菜販膽敢欺騙像母親那樣的老主顧？要知道，菜市場的秩序並不是明晃晃的，像他們鋪展出來的那些鮮亮發光的瓜果。泥黃色的市政大樓建起來後，原來散亂分布在街道上的攤販便被重新編排安置。然而，整齊劃一的外觀並未能夠改變它們和街坊長久建立起來的默契。當檔主調節射燈、反覆在漸漸萎謝暗啞的菜葉上噴灑水珠，使它們的前額再次挺拔飽滿起來，最好的貨色其實卻已經收到暗處，留給像我母親那樣具有良好判斷力，並受到其他主婦信任的老主顧。

改變菜市場秩序的，其實是那些新加入的非法擺賣者。陌生人帶著比我們厚實的臉色，烏黑了幾度的頭髮，以及充滿自信心的強悍表情，風車流轉雜技表演者一樣來到市政大樓的外面，每天從他們的箱子裡掏出新奇的貨品，使人眼花繚亂。他們的蕃茄是如此血紅；他們的椰菜花看起來像整個白色的森林；他們帶來的竹籠子裡發出奇異的叫聲，而他們則以神秘的語調告訴街坊，叫聲來自於那些能醫百病，禁止出售的物種。他們每天在我們根著之地上演過了這個村便沒了那個店的把戲，誇張的演說技巧把我們的街坊像蛇一樣操弄得左搖右擺，有經驗的婦女們因此都失了分寸。

當母親離開我們家時，一定非常痛恨自己。作為有經驗的購買者，怎能夠違反常識，以比平常貴上幾倍的價錢，買入一根過於雪白而細長的蓮藕？不久以後，當母親在多條道路的交匯點上遇到了其他主婦，發現她們每人都手執一截蓮藕，怒氣沖沖，誓要向街市裡的不法商人討回公道，便不禁感到既羞愧卻又欣幸。

「見鬼！蓮藕居然流出血水來！」

背向從每家每戶窗口溢出的米飯香氣，這群婦女朝著太陽已經縮成了一截紫紅色尾巴的方向前進，終於來到市政大樓的門前。此時，那些在街道上臨時搭建的小販攤檔早就已經夾著尾巴捲逃，連影也不見。在市政大樓內，也只剩下穿著水鞋，專心拿著水喉清洗地面的工人，街市裡帶著腥味的泡沫便一直被沖刷到街上去。

望著日常的微微起伏的白色浪頭，手裡拿著假蓮藕的婦女們想：難道我們這就回去？她們都知道，不可能等到明天，因為明天，那些流浪商販又會換成了另一批，今天欺騙她們的人再也不會回來了。

「六六六！」那天，母親不知道為甚麼想起這組數字。

我們社區的居民，一直像野草一樣自生自滅。此時，為了自己失職而自責的母親，卻想起了六六六，我們城市裡的報案熱線。這個號碼人人知曉，但就像傳奇故事裡，仙人妖怪叮囑救命時用的錦囊，不到了最後關頭沒有人會想起它。

我知道母親當時想到的必定不是一根蓮藕，而是隱隱約約意識到那些反覆不斷來到的陌生者，以及他們來路不明的貨物對我們社區可能造成的危害。六六六。在這個奇異連線另一端，早已埋伏了一把事務性的女聲。錦囊打開了，母親卻沒有得到答案，因為當她試圖傾吐事情發生的始末，就在她提到關鍵的「蓮藕」一詞時，電話便突然掛斷了。接下來，「蓮藕」就像一個特殊的暗號，把這些婦女全都拋擲到一串難以理解的忙音之中。

「警察局不就在附近嗎？」

這群婦女認定了事情必須進行到底，要向著設定了的目標走下去。「反正從來都沒有到過警察局，一起去看看也不妨。」幾乎是帶著一種旅行的心態，她們一面熱烈地談論著那些陌生商販的種種可疑之處，一面向著警察局進發。就在一座灰白色的建築物向她們泊來之時，有人伸手向它一指：「那人怎麼拿著望遠鏡在窺看我們？」

婦女們沒能看清那個站在大樓內偷窺她們的人，因為警察局此時就像突然被拔掉了電源的玩具那樣，光芒熄滅，停止運作。那些婦女們加快擺動她們平日買菜時練就的健碩有力的大腿和雙臂，一同奔跑到警局門外，然而，鐵閘此時也正被一雙手掩上，發出了沉重的金屬響聲。

一個身穿警察制服的男人站在鐵閘後面，但一句話也不說，便轉身往回走。那個男人或者因為過於肥胖，又或者因為雙腳太短，怎樣勉力邁步也走得相當緩慢。婦女們向著那個男人大聲叫嚷，又用力拍打鐵閘，但無論她們如何呼喊，短腳男人都只是頭也不回地向著警局走去，直至沒入一片暗黑之中。

婦女們感到相當沮喪，但更多的卻是憤怒。她們每年上繳那麼多的稅項和差餉，竟然一直養著一群在天還沒有全黑便下班的警察？這些婦女們一面抱怨，一面重新向市政大樓的方向走去。她們並沒有回家繼續做飯的意欲，其中一個婦女顧不上骯髒，在市政大樓入口處的樓梯上坐了下來後，其他婦女便也紛紛坐下。

正是此時，她們看到在街道的盡頭，有一男一女嘻皮笑臉地在一個間隙裡走過。她們發現那個男人有著腫起的雙眼，以及肥胖多肉的兩腮，身材短小卻把手搭在那個高個子女人的肩上。那個女人微微弓著背，好像故意朝市政大樓的方向望過去，好讓那些婦女們看清楚她的臉。起初，這些婦女們沒有反應過來，直到這兩個人的笑臉消失，她們才意識到，那個男的剛剛還穿著警察制服；而在他旁邊的那個女子，不就是販賣蓮藕的菜販？婦女們大聲叫嚷起來，向街道的另一端追過去，但只看見兩人一同登上了一輛警車，不顧紅燈駛出了馬路。此時，婦女們忽然有了一種覺悟——不是蓮藕，也不是那些陌生的外來者，她們遭受到的欺騙在更深的地方！

這天黃昏裡，母親顧不上盤子裡的烏頭在鋪張的檸檬片下，張著憂鬱的眼睛，也顧不上那些仍然翠綠並水滴滴的豆莢無聲的等待。一種強烈的憤怒使婦女們的身體抖顫起來，她們望著彼此的臉，不再說出甚麼，而是重新回到市政大樓的門外，又一同在入口處坐了下來。

二樓的鳥群

我們曾經擁有的街道是如此瘦削、喧嘩，人們總是像裝上了摩打一樣高速行進，未及注意到，一塊塊華麗的霓虹招牌就在頭頂跨過。好多天沒有下雨了，但我的夢裡還是充滿了滴滴答答的聲響，一下一下墜落，來自我們那些蟄伏在每家每戶骯髒的牆上，老舊而又披滿了灰塵的冷氣機生物。

然而我懷疑我仍然在課室裡，在我的夢底下，是一張縱橫交錯，印滿了翠綠色線條，叢林一樣的原稿紙，那些格子仍然雪白、發亮，還未被任何墨水玷污。當我醒來時，訓導主任的身影正在課室外徘徊，我不得已低下頭，在原稿紙上描劃大字，在一個個格子裡複製他們想要聽見的回聲。我把他們不想聽的刻在抽屜裡、巴士的座位後、電燈柱上；然而，即使那些話也不是我真正想說的。

真正想說的話，就踩在我腳底下，低沉婉轉如不斷竄逃的陰影。放學後我總是揹書包沿著街道一直走一直走，一面察看自己的陰影，一面想像警察將如何搜集我的罪證。據說有一種罪叫做遊蕩罪——究竟要走多遠、要走多久才算是罪？我在心裡預習，如果警察問我，我會遙指前方說，我的目的地就是那座塵土飛揚的橋，在那座橋下，我將得到生命的啟示。的確，黃昏時分，揹著紅白藍膠袋、拖著箱子，幾個形態近於猥瑣的叔伯總會陸續在那裡出現。他們打開摺枱，在枱上鋪紅布黃布，一盞盞燈亮起來，此時，隱世高人的臉孔才漸次浮現。

有一種說法：人和物最大的分別在於，後者必須通過前者的行動來定義。我們在悶熱的空氣裡搖晃甚麼，甚麼就成了扇子；我們伸出手馴服甚麼，甚麼就成了寵物。然而，天橋下那個像竹竿一樣高長的相士卻勸勉我，要敬畏萬事萬物，接受它們的引導，尤其是自己成長的街巷，它的灰塵，它庸俗的笑聲，以及在此寄生的各種廉價物種。相士搖著一把畫滿了鬼話的紙扇，突出的喉核誇張地一升一降。他告訴我說，別小看這把他以五蚊雞在地攤上撿來的寶貝，若沒有它，我怎能夠通靈？而你，沒有了這條街你上哪兒去撒野？

但那時，我並沒有耐心傾聽相士冗長的教誨。我只希望在晚飯前回到家裡，像一頭腦袋清空的寵物一樣，接受母親以軟綿綿的米飯和油亮的午餐肉餵養我。我把指頭直直伸向電視機的神聖按扭，屏幕上便出現一個穿著長衫的英雄，他所向無敵，把紅鬚綠眼的外國人打得倒在地上，世間一切難題迎刃而解。但我更喜歡深夜時分，電視機播放上一個年代的黑白電影。俠盜黑玫瑰婀娜多姿的身影從天而降，在暗裡保衛我們的城市。「與其相信虛幻的英雄，不如相信眼前物質的世界。」當我扭動脖子，便看見窗外的妹妹，她撐著一把滿開的雨傘，升到了半空之中。

清晨時分，我嘴裡嚼著甜膩的、不時有椰絲香氣竄出的雞尾包，忽然覺得家裡的一根筷子、一把衣架，也可能具有潛在的魔力。我感到燈光明滅，桌椅動搖，彷彿連我那本邊角蜷曲，被父親墊在飯桌腳下的筆記本也不甘靜默，起了叛逆之心。

妹妹說：「如果你今天不上學，我們便可以一起去看鳥。」拿著傘子的妹妹發出的聲音成了一種奇異的頻率。此時，她的身體好像和傘更緊密地結合在一起，向著與我相反的方向飛去。當我不理會母親的叫喚，沿著樓梯匆匆奔跑到街道上時，持傘的妹妹看來已經近乎一種鳥，在老舊的樓房之間飄來蕩去，而我卻只得在地上喘著氣追趕她。我以為妹妹要帶我到城市的懸崖上，但我終於只是來到了平日徘徊的街道中央。我默默地仰起頭，看到天空中一個漸漸擴大的黑點，像是一個洞穴那樣，釋放出一群我從未見過的鳥類品種。牠們以沒有章法的飛行方式，更像蒼蠅而不是鳥那樣向我們迫近。當牠們飛到街道的上空，我才發現這種鳥翅膀短小，身形就像磚頭一樣呆笨。牠們衝入我們這裡最破舊的街巷，在那些像是隨時會坍塌的樓房前橫衝直撞。然後，像是看準了甚麼獵物似的，牠們一隻緊接著一隻，闖進了一個暗綠的窗口。

當最後一隻鳥兒飛進了窗口，妹妹也跟隨著進入，而我則從樓房窄小的入口開始向上跑。那條像是要一直通向天庭的樓梯有著一種地獄似的色調，永無止盡的階梯不斷在我腳下增生。我越過了和平理髮店、電子大賣場、智慧指壓中心⋯⋯經過許多柳綠桃紅的招牌，才來到一家叫做「沙漠」的書店。

我奔跑得氣喘如牛，大力地推開書店的門時，發現書店裡所有人都回過頭來看著我。那是一個像睡房一樣，細小而具有親密感的空間，而在其中的人也彷彿寄身在自己的房間裡一樣，露出了家居的臉孔。妹妹並不在書店裡，店裡除了我像恐怖片一樣的喘氣聲以外，再沒有其他聲響。我每天在這棟舊樓腳下經過，但竟從不知道這裡有一家讓鳥寄生的沙漠書店！

我四處張望，想要找尋那些闖入的鳥群，但我看到那些風塵撲撲的鳥兒已經收起翅膀，有些降落在展示台上，有些已經棲息在一排排的書架上，牠們閉上眼睛，變成了靜止不動的書冊。我走近去，像撫摸動物的毛皮一樣，伸手向其中一部鳥書，感到它的身體仍有一種溫度，並且微微地抖顫著。

我拿起那本剛剛變身成書的，彷彿仍有著一息呼吸的鳥書，翻動它脆弱發黃的羽翼，貪婪地想要發現妹妹企圖對我傳達的訊息。我翻過了一本書又另外一本書，像是在無數的巷子間打轉，直至我感到太陽穴發脹，鳥群在我四周鳴叫。

書店裡早已經沒有任何人，還是他們都化身成為了這裡的一桌一椅？從天花板垂吊下來的燈泡微微搖晃，我好像聽見一種潛存的呼吸聲，一種在城市表皮底下的脈搏在跳動。我從書店的窗口望出去。天空像是被誰投進了一泡墨汁，變成了混濁的一片，灰濛濛的城市沉到了我從未認識的海底。我們街區那些老舊的樓房變得軟綿綿的，彷彿八爪魚下垂的觸手；每一扇窗口都緩慢地開合著，我便第一次看到了，這座城市皮膚上細細的氣孔。

佔領菜市場

我以為有一個人被處決了。我的太陽穴洞穿，腦袋開花。然而當我睜開眼睛，發現只是耗損的水龍頭滴下的水珠猛烈地撞擊著盥洗盆。砰。砰。砰。這不過是另一個平庸的清晨，金屬水龍頭卻突然以宣戰的方式伸入我們的生活。

我和父親趕到菜市場上，穿過擁擠的人群，終於發現母親和其他婦女們就坐在市政大樓前，堵塞住室內街市的唯一入口。那時，街市前橫七豎八地停滿了疲憊的貨車，以及一整個海洋似的蔬菜。在毒熱的陽光下，成堆的菜心和白菜萎靡不堪。

有些搬運工人扠著腰站在路上，偶爾失神似地吐出一串串髒話；那些穿著制服，準備要到街市上班的清潔工人則坐在路旁的陰涼處，低頭打著瞌睡，或是劃著手機。我緊張地想要從母親的臉上尋找關於這一切的解說，然而，母親就像其他婦女一樣，閉上了眼睛，整張臉就像平靜的湖水。

當母親和其他幾個婦女突然站立起來時，我暗自戒備，恐怕那些搬運工人會揮拳相向。然而，那些彪形大漢竟然甚麼也沒有說，而是向後退開了幾步，讓出了更多空間。婦女們把一直握在手上的蓮藕擺放在地上。像是進行拼圖遊戲，她們把蓮藕在地上搬來搬去，直至出現了幾個人形肢體。一個、兩個、三個，我們都看到了，那幾個被拼湊出來的人形，那麼小巧、瘦削，就像是幾個剛上中學的孩子。

我看見有些人聳起了肩膀，非常猛烈地在抖動，有些人低下了頭，幾乎就像脖子被扭斷了那樣垂掛下來。接著就是轟然的巨響，有一個人從樓上掉下來——不，不是的。我抬起頭來——天空裡只有一個無比毒熱的，令人無法直視的太陽，一下子，血絲便滿布了所有人的眼球。

父親比我更早回到了家裡。他甚麼也沒有說。被母親遺下的家裡到處有蟲蟻爬出來，滿滿的一個黑暗兵團立在半塊威化餅乾上。四周都是水滴滴的聲音，淡黃色不知哪裡滲出來的水爬上了我的拖鞋。我懷疑平日母親花多少時間在堵牆上的洞，才不至於讓我們的家被淹沒？

晚飯時間，我把手探進白米浸泡出來的米水中，手指頭深入到米粒之間，我想就這樣被它們包裹著。我奇怪母親和那些婦女，竟不再被米飯的香氣所吸引。她們專心地圍坐成一個圓，用屈曲的臂彎扣緊彼此，形成鏈結，把蓮藕人圍在她們的中心。我每天來到市政大樓前，看見愈來愈多人在她們身後坐下來。那是一個無比巨大的圓，而在那個圓裡，母親已經離我愈來愈遠。

我們發現，每天總有一兩個警察在菜市場附近察視。他們不時拿著攝錄機，長槍一樣對準母親和其他婦女進行拍攝。警察有時會走得非常近，慌亂的腳直接踩在我們的腳上；但如果聚集的街坊人數眾多，他們便撤退到附近的郵政局裡，迫使局裡的職員掛上暫停服務的告示牌。

我知道警察們是迫不得已才佔用郵局的。他們最先想要佔領的地方其實是附近的華年冰室。這樣，他們便可以在監察婦女們的同時，隨時享用一杯濃烈的奶茶，咬一口剛剛出爐酥脆香軟的蛋撻。現在，灰溜溜的警察們卻只能整天嗅著紙皮和膠水的氣味。

我看見過華年冰室的人在玻璃櫥櫃背後做蛋撻。在那殘舊骯髒的冰室裡，一片木造的平面上揚起了一場霧似的，一雙手不斷的搓捏，看起來像是反覆摺疊一張金黃的棉被……不過，那些日子裡，沒有人願意再做出甚麼。冰室的夥計把放在玻璃櫃裡金黃可人的蛋撻藏起來，掛出售罄的牌子。他們賣給那些警察的奶茶不知道添加了甚麼，總是有一股水渠的氣味。

許多天過去了，郵局已經不再營運。我們社區裡沒法送出的信件堆積如山。有時，我目睹在猛烈的陽光下，婦女們發紅脱落的皮膚，以及鋼鐵一樣的意志；有時，我們目睹雨水之下，她們的臉像變幻的河流。那些排列在地上的蓮藕竟然沒有腐爛，反而長出了飽滿的筋肉。失去了身體的四肢是否即將會重新活動起來？

可惜，在蓮藕人重新站起來前，來了一輛小型貨車，走出了三個穿著素白袖衫，胸前掛了名牌的人。那些自稱是談判專家的人都有著戒備的臉。他們不敢走近靜坐中的一眾婦女，只在她們十多米以外的範圍停下來。他們首先整理好一張鋪了白布的桌子，然後擺出舒適的椅子。他們一排坐好後，我以為這些人會以一番如何讓我們驚異的演説，像古代的詭辯士那樣，誘惑主婦們無條件地放棄菜市場的陣地，回到家裡，讓我們重過平庸的日子。接下來，卻只有人按下了播音機的按鈕，重複的廣播：「清潔街市，人人有責！清潔街市，人人有責！」

廣播生鏽怪異的聲音使得本來平靜的群眾躁動起來。「這算是甚麼？」「究竟搞甚麼鬼？」當一些群眾踏步上前，白衣人顯得非常驚恐。他們顧不上擺好的桌椅，迅速地跳上了貨車。我們聽到了隆隆的巨響。一架直升機在我們的頭頂上盤旋，它愈迫愈近，巨大的陰影就要吞沒我們所有的人。

當我們匆忙躲進附近的店鋪時，母親和一眾婦女卻不為所動。當直升機終於停下來，我們仰望那架發出噪音的怪物，看見閃亮的粉末如雨落在靜坐的婦女身上，不一會兒，她們渾身上下便都被染得閃閃發光，彷如金色的雕像。正是此時，蟄伏在郵局內多時的警察突然衝了出來，他們穿著厚厚的綠色保護衣，戴上了防毒頭盔，手持長棍和盾牌。他們從頭盔裡發出粗魯而沙啞的聲音，根本無人能夠理解。

警察們迅速把婦女金身包圍起來。婦女們卻似乎並不驚慌，我覺得我甚至看到母親金色的眼皮用力地擠了一下，像是要向我暗示甚麼。然而，這一切很快便消失於我們眼前，因為更多的警察從郵局裡搬出了高過於頭的圍板，金屬鋼板一塊塊豎立起來，圍住了那些金光四射的婦女。母親快要消失於我眼前的一刻，我想要衝上前去，卻聽見子彈在耳邊颼颼飛過，華年冰室爆發出一陣濃烈刺鼻的煙霧，隨即吞沒了它的門扉。

香艷腳趾縫

多年以後，如果倖存者依據記憶造像，重新製造出以我母親及一眾中年婦女為摹本的女神群像，她們是否會有著像泰廸犬一樣的髮型，身穿廉價劣質的衣衫，但神情高貴，渾身閃閃發亮？那時，當原來灰濛濛的母親以及那些質樸的中年婦女，成了必須被仰視的女神，我低下頭去，卻禁不住想起我們街道上消失了的另一些女人。

首先在我腦海裡出現的是一道縫。一道肉感而細嫩、令人迷惑的腳趾縫。我想像自己半躺在心理分析師的長椅上，反覆不斷地傾訴，那由許許多多的腳趾頭組成的隊伍，如何時時在記憶裡像浪一樣撲向我，迫使我可憐巴巴的海馬體，一再浸泡在我家附近那些暗黑的流水街巷。

在我們的社區裡，她們曾經是那些街巷的浪遊者，在日與夜的邊緣尋找機遇的行吟詩人——不，事實上，她們不太在街上走動，更多的時候，她們呆立在漆黑的樓梯前，低調地展示她們打著暗語的皮囊外衣。而以我的角度，總是剛好看到她們赤裸的腳趾，襯著廉價的夜色高跟鞋，如釘子一樣的根部，長久地踩痛我們那條凹凸不平而又滿布水漬的街道。

我說的是當我仍時時抱著公仔書，坐在一張矮小塑膠櫈仔之上的時候。那櫈仔曾經是我的小小堡壘，雖然它表面那對跳舞中的王子與公主已經脫皮和起皺，面目模糊，但我還是能夠感受到佔有一座堡壘的尊嚴。我常常以高高在上的角度，俯視那些染成了不同顏色的腳趾，每一隻都有著絕妙的體態，每一道腳趾縫都有她的秘密要述說。那些腳趾縫是我們街道上的塞壬，她們合奏的歌聲使得闖進我們水域的水手們迷失方向。

有時，我抬起頭來，看到腳趾的主人用低八度的眼神和不敢聲張的微笑，悄悄迷惑她們看中的途人——當然，這一切都不過是唬弄人的表演而已，她們偽裝出誘惑的姿態，不過為了讓男人能夠扮演被勾引的角色。她們的笑容溫柔而疲憊，目光游弋著尋找那些頭頂微禿，腰間囤塞了過多肥肉的中年漢子，因此無法兼及在她們腳邊的我。我曾那麼多次目睹，男人們被她們引領，穿過幽暗而狹小的樓梯，最終擱淺於她們汗濕的小島。是的，我無緣真正窺見小島的風光，那是一個我未能親身涉足而被想像充塞的領域。大部分的時候，我只能傾聽她們肉感的腳趾反覆唱歌，直至我小小的疼痛的頭顱無法忍受。

然而，我仍然無限感激，在我們狹小的街巷，那些女子曾經激發了我對女性最大的想像力。在我喉頭漸粗，聲音變得暗啞的一段日子，我曾經嘗試在學校裡尋找可以投射愛情的對象，但與腳趾縫姑娘比較起來，幼稚的女同學們愈發顯得像呆笨的鴨子。她們一個個被母親打扮得像小禮盒，然而姿態粗野、目光渾沌。

我寧可把塑膠櫈仔搬到街上去，在來往的行人之間低下頭默默看我的公仔書，傾聽腳趾縫發出的歌唱。我望著路邊豬肉檔上懸掛著的那一串水滴滴的深紫色的豬肝、排骨一根根強悍地潛伏於血肉之間，和那些腳趾姑娘們是多麼的相襯！

是的，在那些腳趾之中，我的確有所偏好。常常在我記憶之海首先浮現出來的，是一對骯髒的毛絨球。那一雙銀白色玻璃一樣的高跟涼鞋，鞋面上各綴了一個小小的毛絨球。原來大概是白色的細毛已變得灰灰黑黑的，一直搔弄著那些沒有塗上顏色的、蒼白的腳趾。那是一些格外細小，乏人問津的的腳趾頭。在別的腳趾都消失於我們的街巷時，常常只有她們留在街道上。

我多少次幻想她們在街道變得完全靜默以後，便會走到我的跟前，向我訴說她們的秘密。我甚至試過偷偷抬起頭來，端詳她們主人的臉面。那是彷彿偶然闖入，還來不及展露表情的一張臉——原本生活於廣闊海洋的她，浮出了夜的海面，只是為了在我們的街巷吸一口氣，喘息半晌，然後便會重新沒入到她的世界裡。

然而，那天，我終於看見一抹疲乏的笑，像一彎朦朧的新月浮現在她暗色天空一樣的臉上。那個喬裝成嫖客的警察，卻和我一樣，並沒真正進入她的視野。我的目光追隨那些蒼白的腳趾頭，直到所有聲音滅絕於一道暗黑的長梯。在我受傷的記憶裡，不久以後，毛絨球便將和其他我們街道上的塞壬一樣，被扣上手銬，帶上警車，在灰塵揚起之時，永遠消失於我們的街巷。

十點鐘合唱

在直升機金粉突襲以後，時間的界線便開始變得模糊起來。或者那是第二天，或者第二天根本從沒有來臨。我和父親幾乎同一時間張開眼睛，安裝在我們腦裡的火警鐘突然鳴叫，迫使我們沒命地跑出我們的住處，沿路上我們匆匆遇見其他街坊，才意識到我們的臉仍然浸泡在夜色之中，經過街燈時，便突如其來的被一一照亮。

菜市場上那些警察們已經離去。當來到的街坊合力把圍板搬開，我們發現圍板後已經沒有人，沒有圍坐在那裡的女人，也沒有被排列好的蓮藕人。我們來到警察局前，鐵閘再次關上。我們大聲叫嚷，但不太能聽清楚自己在叫嚷甚麼。一個大叔，突然從他的衣袋裡摸出了一顆渾圓的雞蛋，若有所思地看著它，然後用力地朝警察局擲去。大叔的衣袋不見得深，但他一隻接一隻摸出數不盡的雞蛋，那些雞蛋便像是一道道沿拋物線抵達的叫喊，用力擊打著警察局的窗玻璃。我們呆呆看著黏稠的蛋液沿著灰白外牆滑落下來，像一場骯髒的雨。

過了不久，我們看到一輛巨型的警車駛出，警車車頂安裝了噴射器。我以為他們想要清洗警局的外牆，但噴射器卻對準了我們，科幻電影裡的藍色水柱越過了現實的界線打在我們身上——原來我們才是要被清洗的對象。我感到渾身刺痛，彷彿有火點燃了身上每一寸皮膚。四周的人嘩嘩大叫，不知道是誰扭開了街道上的水井，拿著真正的滅火喉給我們滅火。回家後，我和父親一起擠身到蓮蓬頭下，始終不知道自己身在水裡還是火裡。

電視新聞上出現我們社區裡消失了的婦女們。那些她們隨便拍下來的生活照，頭臉被鄭重其事地截取出來，在熒光屏上放大。報導員逐一唸出她們許久沒有使用的名字。她們已經成了城市裡的頭號通緝犯。我再次看到母親的容貌——那是新年時穿著新衣站在大桔旁邊的母親。她帶著無比燦爛的笑容，展示出一頭讓我感到尷尬的髮型。

「——此名反革命分子來自一個偽裝成師奶的犯罪集團。」

我的皮膚仍然感到刺痛，但新聞報導員的話還是讓我幾乎笑了出來，沒有真正發出來的笑聲卻又讓我打了一個冷戰。接下來，我們便看到每天早上提著一個籃子，蹲坐在街角販賣雞蛋的聾婆，因為藏有大量攻擊性武器，雙手被扣上手銬。下一個鏡頭是一個年輕的女警，她穿著整齊的制服，以甜美的聲調，說出一個我們早已經熟知的報案熱線。六六六。

「市民如遇騙案，應該立即向警方求助。」

街道上變得那麼寂靜，一連幾天，我們的嘴巴都説不出話來。我們到處找尋自己母親的蹤影，但總是在街道的轉角處，不小心看見幾個無所事事，像遊魂野鬼一樣的警察。我們的胸膛裡還有火在翻滾，但我們的臉卻像冰塊一樣凝結起來。我在冰層之間睡著，醒來時便聽見冰塊碎裂的聲音。鐘的臉上露出一種詭異的笑，那是十點鐘的笑容，我便記起，每晚十點，我總聽到那些撕裂心肺的聲響。

我走到客廳的窗前，看到附近樓房許多打開了的窗口，我知道這裡將再次上演一齣潛意識的戲劇。每個打開的窗口都有一個夢遊人，伸出了頭顱，向著天空喊叫，不一會後，窗口關上，頭顱又縮回自己的巢穴。如果你看仔細一點，那些喊話的人仍緊閉著雙眼，只是像報時鳥一樣把頭探出窗口，嘴巴張開舌頭抖顫，他們此起彼落的叫聲形成圓形劇場內環迴的聲響。

起初，我聽不清楚他們喊叫的內容，漸漸，那種明快的節奏卻變得愈來愈清晰。我發現如果有人高叫：「蓮藕煲！」便有人喊「人肉湯！」如果有人高叫：

「六六六！」便有人喊道：「媽媽媽！」

在夢中喊叫的人並沒有意識到，還有像我這樣清醒的鄰居，目睹這裡發生的一切，他們也沒有意識到，不時有硬物從街道的暗處投向打開的窗戶，不時有爆炸物發射到不同的樓層。

我拿起手電筒向街道照射，發現那是一群躲在紙皮背後的警察。他們有的手裡拿著一塊石頭，有的拿著玩具似的長槍。他們的臉上有著亢奮的神色，像是遊樂場裡投擲彩球樂極忘形的粗野孩子。當他們注意到我手上的光源，一顆子彈也同樣直直朝我飛來。

普普的虛無

我記得我們街道上的警察，曾經都擁有一種柔情的氣質。雖然草綠色繃緊的制服偪促著身體，他們的手腳卻是軟趴趴的。當他們在社區裡巡邏，目光虛晃晃的，經過骯髒的街道時，照例在雜貨店前停下來，眼神羞澀地接受店主皺巴巴的手遞上一兩枝免費汽水，然後便無所作為了。街角販賣走私煙仔的白袖衫男人遠在他們的視野以外，他們甜蜜的笑意只是追隨著街道上流連的腳趾縫女郎——然而，誰能說得準，我所記住的，不過僅僅是電影屏幕上扮演警察的青澀明星，那些柔情如水的臉面晃動間，向我們惡俗粗野的日常投射出抒情的光芒？

也只是在那段日子裡，我們才察覺到，警察們原來都有著一種兒童化的傾向。只要稍稍給予鼓勵，他們便會把手槍當成了玩具，並且非常沉迷於爭勝的遊戲。只要我們憂鬱失神地坐在路旁，因為想起自己的母親而唱起哀歌，街巷裡便會有各式各樣的子彈向我們投來。燃燒的子彈發放出難聞的氣味，我們的眼睛和皮膚同時在流淚。正是在那段日子裡，我們仍行走於熟悉的街巷，卻彷彿要到深海探險，連學童的背包裡，每天也亂七八糟地塞進了護目泳鏡、用來澆熄冒煙子彈的礦泉水瓶子、用來包裹手臂抵抗毒物的保鮮紙……

那陣子，一直流傳執政者將要給警察們豎立雕像。一隊防暴警察站在公園的中央：有一個把雙手交疊在胸前，有一個把一隻腳踏在公園的長椅上，有一個用手槍對準了低飛中的麻雀，有一個噘著嘴巴吹起了口哨。雕塑採用了普普風，體型龐大、色彩誇張俗艷，因此有人建議應該在他們手裡塞進幾根棒棒糖，好讓嗜甜的舌頭有物可舔。我究竟是否看見過那一組雕像？或者我只是看見，那些雕塑一樣的人形，突兀地豎立在路旁、地鐵車廂、商場中庭、學校大門……擺出虛張聲勢的姿態，宣告要鎮壓我們喝一杯檸茶、吃一碟叉雞飯的日常？時間一定是在那一刻凝結——起來——奔逃的腳步聲突然止住；催淚煙在半空裡形成一張立體的雲圖；發光的塵粒罩住了街坊每一張險些潑濺出去的臉。

站在一盞街燈上的妹妹說：「這些普普其實從沒改變。你看看他們身上的標記：P—O—，兩個空空的嘴巴，兩隻甚麼都沒有的眼睛。咒語一樣的制服穿久了，肉身必會腐敗。掌權者只能不斷把氫氣打進他們的皮層下，使得他們看起來愈來愈巨大，卻無法制止，他們像氣球一樣，變得輕飄飄的。」

我發現普普雕像確實漸漸膨脹起來，那隻腫脹的手上握著的槍，現在看起來更像一根無定向的手指，那個嘟起了的嘴巴彷彿被魚鉤刺中，空中無形的絲線慢慢地把它向上拉。妹妹從腰間抽出了弓箭——

POP！街坊抬起頭來，看見一堆氣球在空中爆破。

在那些日子裡，普普其實已經不再穿上制服，他們喬裝成不同的人物，混入我們中間，使得我們成天像等待一張撲克牌那樣，等待他們把自己翻過來，嚇我們一跳。他們有時成了我們居住的大廈裡低頭看報紙的看更，卻突然撲向我們，把我們騎在地上，要我們發出動物的叫聲；有時他們成了戲院裡拿著手電筒的檢票員，突然用電筒照向我們的臉，懷疑我們手裡捧著的爆谷和紙杯裝可樂是攻擊性武器，得全數沒收。

當普普把地下鐵系統當成了新鮮的玩意，他們便進佔了控制室，開始任意改寫行車時間表。有時我們趕到地下鐵站時，才發現列車已經不再行駛。有時我們的腳剛從列車裡跨出來，卻發現出口即將要被關上，我們只能奔向下降中的鐵閘，從那仍然透著光的底部，匆忙爬出路面。馬路上颼颼駛過一輛又一輛法國製造，神氣的電動巡邏車，看來是普普們的新玩具。

黃昏的空氣裡滲滿了辛辣的氣味，掩著口鼻站在街道上等待巴士的人龍看不到盡頭。當疲憊的人們開始了長征回家的道路，地下鐵列車想來已經變成了普普們的休息室？我們想像瘋玩了一天的孩童大概已經感到了睏倦，失去了精力的他們橫七豎八地躺在無人的地下鐵車廂裡，車長像操縱著一張巨大的嬰兒牀那樣，緩慢而無目的地開著長長的列車。被困在地下鐵世界裡的車務職員大概從來沒有想像過，他們會被徵用為臨時的褓母，把紙包果汁像奶水一樣，一點一滴餵到普普高高嘟起的嘴巴裡。

混淆電視機

為甚麼我並沒有像其他街坊一樣進入夢中的儀式，把身體變成樂器，把悲傷由喉頭投擲出去，成為夜間奏鳴曲的一部分？我們這裡大多數的人，經歷一夜聲音的戰鬥，第二天起來，如若沒有發現自己臉上破損的痕跡，最少都會感到渾身痛楚、精疲力竭。走在路上時，我無法不因為自己和父親完好無缺的臉，以及健全的身心，感到無比愧疚。

就像往常一樣，父親每天花很長的時間觀看各式各樣的肥皂劇，準時在十點以前入睡，準時在清晨起牀，獨自到附近一個小得可憐的公園，站到那裡僅有的，一棵大榕樹的影子裡，展開雙手，以太極的姿態搖動他的身姿。母親消失以後，我們生活裡隕石般的凹陷，父親似乎悄然無聲地，一一填上了。我幾乎是帶著憤怒地發現，家裡不再有水滲出來，四周的洞穴是甚麼時間被重新填好的？每天晚上，在指定的時刻，飯桌重開，一切如常。只是，父親憑記憶複製的晚餐總是有一種塑膠成品般令人哀傷的味道，令人無法下嚥。

母親消失不到一個星期，我們家裡便忽然多了一座巨大的電視屏幕。那個屏幕大得完滿地取代了一面牆，因此把原來我們的家庭合照、祖父母的靈位都完全遮蔽起來。對於節儉的父親竟然會花巨額金錢買下這種奢侈品，我覺得非常不可思議。正如我所料，為了這台電視機，父親付出的不是金錢，而是其他更珍貴的事物。

我們的社區又出現了好些陌生人。他們並沒有販賣任何新奇的商品，而是帶來許多巨型的禮物，說是要分發給這裡的每一個人，好治療我們的悲傷。父親說這些人怎能是騙徒呢？因為他一分錢也不用付，他們甚至還幫他把電視機搬到家裡來，一切都安裝妥貼。他們所做的好事，還包括在公園裡搭建起臨時的舞台，整天播放肉麻的情歌，讓穿著性感舞衣的女郎扭動腰姿，重新復活我們社區裡老人的情慾。公園裡再也沒有父親可以練習太極的樹蔭。他紅著臉撕碎了手上的門票，默默回到電視機跟前，並且緊緊地關上窗戶。

當電視機沉睡時，我還能辨認出，我長久居住的地方，當它醒來，我總是錯以為自己走進了另外一個時空。有時，我穿著三角褲從廁所走出來，竟發現自己置身於古代的庭園，頭髮梳得像雕塑品一樣的宮廷女子，晃動著袖子半遮著臉，朝我偷偷發笑。有時，我從一個夢裡醒來，便發現自己已深入到處有軍人埋伏的叢林，如果不迅速躲閃，便會被子彈擊中。當我稍稍定下心神，便會在客廳幽暗的角落裡，發現縮坐在那裡的父親。客廳只有他一個人，但就像是為了顯示他在這世界裡不會佔據太多，他總是把大部分的空間都節省下來。

是從甚麼時候開始，電視裡外的世界失去了清楚的分界，父親一不小心，便會走進電視機裡？有時，他站在激烈爭吵中的男女主角的背後，打開雙手，緩慢地開始做起太極的動作；有時，他來到劇中人都遺忘了的飯桌前，仔細檢視剩下的菜餚。我看見他把一根鴨脖子撿起，送進自己的嘴裡。父親的牙齒早就壞掉了，但他卻那麼用心地吮吸著鴨脖子，最終把它整根吞進了喉嚨，我便看到它卡在他的喉頭，凸起如一座腫瘤。

為甚麼我會注意到這一切？是的，因為當父親不在客廳裡時，我竟變成了他，坐在沙發上，觀看有父親在場的戲劇。我悲傷地發現，在那些不同的世界裡，他永遠都是格格不入的一個。這倒不是因為，人們合力冷落或排擠他，而是因為，他就像一個跑龍套的角色，從沒有認真投入到任何一種生活之中。

我無法像其他街坊一樣進入夢的深處，那是因為我遺傳了父親與世界的距離嗎？為甚麼我竟像觀看電視劇一樣，觀看我自己的父親，而不是嘗試伸手，把受困於多重的世界裡的他重新拉拔出來？彷彿害怕被電視機所投射出來光芒所肢解，我反覆逃進自己的房間，爬上搖曳的雙疊牀，像是爬上一條救生艇，即使這裡已經滿布裂縫。我閉上眼睛，水已經慢慢滲進來了嗎？

耳朵輕如蝶

那不是肉體墜落的聲音，那聲音要輕一些，是肋骨，一寸寸自中央凹陷；手腕被強行屈折向後，手掌便軟軟的吊在那裡，一個沉重的、無聲的風鈴；一個眼窩被風射穿，然後那中空處便劈劈啪啪地燃燒起來。

我奇怪我仍然能夠清楚看見冰箱和電視機。公寓裡所有的一切都完好無缺，但我知道，所有的一切都已經自內部碎裂，只要我輕輕觸碰，它們便會坍塌成灰。我把拖鞋當成了方舟，在家裡行走時，我的腳卻總是又濕又冷。如果不住有水從屋裡的縫隙滲漏出來，那麼，是否也有可以無聲遁走的秘道？

已經一連好幾天，一不小心，管理員和鄰居的私語便會鑽入我被耳垢阻塞的耳道：「他出門以後就再也沒有回來——」「又是這樣嗎？——進到地鐵站裡，就再也沒有出來？」「不，不是的，他到了——」

我不敢去追問偷聽到的內容，然而也不相信電視新聞會再透露任何有意義的訊息。不然，為甚麼沒有人再提到滲血的蓮藕？

我上網查找有關「蓮藕」的資料，試圖追查事實的真相。然而，這個詞條已經消失於網絡的黑洞。我找出筆記本，裡面明明寫著：「蓮藕：睡蓮科『蓮』、『蓮花』的地下莖。肥大而橫走，有明顯的節，節間多縱行管狀空隙。可食用和入藥。」

我已經多久沒有吃過這種肥大而橫走的莖？我到華年冰室去，侍應生悶聲不響。翻來翻去，餐牌上再也沒有蓮藕燜排骨。街市已經重開，但到處都沒有了蓮藕的蹤影。我走進每一座泥黃色、遍布我們城市的市政大樓。魚檔肉檔腥臭的氣味對我行禮如儀；低著頭的改衣婦人如常在老花眼鏡後看我；只有菜檔上的菜芯和茄子瀰漫著一種詭異的氣氛。當我終於在一個賣豆腐的檔口裡，看見水滴滴的芽菜旁邊，放著一堆爬滿了灰泥的物事，那個賣豆腐的老伯看著我，卻打了個哈哈。「現在的年輕人真沒常識。這是土生木。不認識嗎？」

我說我要把它們通通買下，他便沉下臉，背過去，並用報紙把它們遮蓋起來。「走走走，這裡甚麼也沒有，甚麼也不賣給你。」

我走進一條暗巷，開始在牆上寫字，我把一面牆抄滿了「蓮藕」。第二天，我發現對面的牆上竟也被歪歪斜斜的「蓮藕」覆蓋。我從來沒有發現，在我們的城市裡，只要向隨便一堵牆提出一個問題，第二天它便會給你一個問題的回聲。是的，我那麼需要回聲，好證明城市並非曠野。

「他出門以後就再也沒有回來——」

我看到列車在地下鐵的架空路段上駛過，它從一頭進入車站，隆隆的聲音輾過我的耳膜，良久，卻沒有從另一頭再駛出來。

這個世界的齒輪在甚麼地方卡住了？我只能獨自在另一個世界裡往上爬，圍繞著一個中心在旋轉，好像永遠沒有終點，但我終於來到了「沙漠」。我推開門，發現店裡沒有光，連書的陰影也消失了，只空空洞洞響起一把聲音。

「你有收看新聞嗎？收容鳥的人失去消息許多天了。現在，他在鏡頭前懺悔。我從沒有聽見過他的咬字那麼清晰，一定已經練習了許多遍。他犯了錯，他把太多太多的鳥帶來我們的城市裡，又收容了太多從別處飛來的，來歷不明的禽鳥。病毒難道不是源於鳥嗎？因此，這個城市一再爆發禽流感。許多鳥已經被處死了，但這還是不夠的，他必須為這一切負上責任。」

我抬頭望向窗外，不見有鳥飛過，倒是看到許多血色的蝴蝶。

「你看清楚一點。它們是風中的耳朵。」

我從沒聽說一個地方的耳朵會像蝴蝶般飛走，我從沒聽說一個地方的耳朵會像秋天的葉子一樣掉落。然而，電視上的新聞明明說，有些人在街道上丟落了耳朵。他們走著走著，突然發現地上有許多散落的彎月形物體。在慌亂之中，沒有人能認得出自己的耳朵，他們只是匆忙撿拾起隨便兩片大小和顏色不一的耳殼，趕到醫院的急症室。

上司緊緊地盯著我時，我把視線移到他身後，骯髒的玻璃使我看不清外面的風景。我拿起那份夭折的報告書，對他說：「我開始有了研究耳朵的興趣。」

我在地上拾起一顆耳朵，像讀一份無法翻開的報告那樣仔細讀它，那彎彎的耳殼弧線，迴旋軟骨的結構如海洋生物。我從沒注意到耳殼裡有那麼多細細的血管，它在我的手心上像心臟一樣起伏跳動。我伸手摸了摸自己右邊的臉，又摸了摸左邊的。我很高興我的兩隻耳廓還在，那麼，我手上的耳朵是誰人掉落的？

「我只聽說過掉頭髮，卻沒聽說過會掉耳朵的。」「耳朵掉了還會長回來嗎？」

我坐在雲吞麵檔，低下頭去吃麵。我開始注意到四周的人神色異常。他們的眼睛像加上了黃銅片那樣閃閃發亮，他們太陽穴以上的位置聚結了突出的緊張的靜脈。他們的嘴在咬麵時慢慢伸長了，他們的牙齒溢出，他們的內在精神佔據了他們。他們的手變成了前腿，在他們還沒有發出犬吠以前，便已經向我們撲上來。

我聽到許多尖叫聲，包括來自我自己的。我看見一個彎月形的東西丟在地上。我摸摸自己的兩耳，無法相信它們仍安然地待在那裡。

通往八三一

當我獨自在不同城市的經緯線之間盲目地穿梭，以為某種陰冷的記憶已經被狂暴的陽光掃蕩乾淨，我終於可以在地下列車車門打開之際，無畏無懼地，和其他乘客一起登上車廂，從地底隧道撲面而來的黑色颱風，卻總是猛然向我施襲。我總是又再感到腳下有雷霆的震動，聽到高速行駛的列車經過時，疼痛的路軌發出哀哀的呻吟聲。列車尚未到達，月台上陌生的臉孔還在倍數地增加。我無法不懷疑，是否有一列從我家出發以後便消失了蹤影的車廂，已經無形地駛過？

地下鐵，無法顧名思義，因為我們城市的地下鐵，最初的路段，其實是建在地面之上的。銀白色的車身明亮、透明。城市風景在你眼底下瞬間滑過，沒有顛簸，沒有障礙，列車所到之處，一個站名就是一個新的世界。那些垂掛的手環成排在搖晃，誘惑你把雙手穿進去，懸吊起身體，像一個體操運動員。沿著數不盡的車卡往前走，你渴望遇見一個來自未來的人，把一個重大的秘密，塞進你的口袋裡。秘密曾經就在那張軟軟的磁卡車票裡。把它伸入閘口的一頭有著一個米粒大小的孔洞，我插進褲袋裡的指頭，常常禁不住親昵地摩挲它。

那是後來，你才發現，彷彿美杜莎能夠石化一切的雙眼，地下鐵所到之處，四周總是迅速被地下鐵化。你通過閘口走出來後，重複遇見一樣的地下街道，成組的商店如反覆的既視。在那裡，光和暗按著已經編排好的節奏運行，即使你走出了地下街道，一座巨型商場會接續延伸地下鐵堅硬如石的夢。你發現地下鐵終於真的深埋地下，而你則永遠走不出地下鐵之城。每一天車廂都是重複出現的災難。大部分的時候，你的眼睛都在找尋可以逃遁之處，免於沉沒在流沙一樣的人臉之中；卻有一張他的臉，始終像鋼鐵一樣堅硬。

我不止一次在地下鐵看見他——穿著整套的西裝，手裡緊緊握著一個手提包。他站得那樣筆直，彷彿從小學開始，衣領便受命於他的脖子。他的腰板像是被鋼條加固了，挺拔地一直向上生長。他的目光經常只朝向一點，像一百米短跑的選手。

他站在我身旁邊時，沒有瞧我一眼，便開始他的演說。他很自豪地告訴我，他的人生就像他一直期望的那樣，每天穿上熨過的西裝，九時以前，抵達市中心的摩天大樓上班。在他來說，在那裡像刀鋒一樣直指天空的銀行大廈，高速明快地直線上升的電梯，全是這座城市指標。在他那個十九吋的屏幕上，當紛繁的事物被轉化為數字，以檔案與列表方式重新顯現，他便感到有一種剛剛刮了鬍子，潔淨而整齊的快感。

你可以想像，他真心喜歡地下鐵。當他站到月台上，他總是首先注意顯示屏上的數字，他很高興，下一班列車抵達的時間永遠不會超過三分鐘。他甚至迷戀列車行走時，從窗口瞥見的，隧道裡的光管，一道道像已發射出去的箭，不可回顧。他喜歡觀賞地鐵的路線圖。「你看，我們的地下鐵軌道雖然不斷滋長，但它還不曾像其他大城市那樣糾結成難以分解的毛線球，而是始終以準確、理性的步調，行走出色彩明亮、簡單、直接的幾何線路。」

只有一次，他看起來那麼疲憊，而且缺乏自信——他不時用手，反覆地撫平自己的頭髮。我看到他白色的襯衣上，有一大片變得黯淡的血色，西裝外套也無法遮掩。那時，我坐在兩個低下頭去劃手機的人中間，而他就站在我的跟前。當我抬頭看到他虛弱的樣子時，他竟一言不發，只是朝我羞澀地笑。

我做出想要讓位給他的姿勢。他搖了搖頭，猶豫了半晌才壓低聲音說：「可否借問一下——」

「你看——我的脖子——是否太僵直？」

我有點後悔沒有假裝看不見他。

「我的頸骨斷了，只能暫時用萬能膠固定，所以無法轉動，無法點頭，也無法搖頭。你說——我回家後是否就能把它搞定？」

「回家——當然——」

「但我一直無法回家——」他臉上露出淒慘的笑容。「我以為自己對地鐵再熟悉不過了，但我竟一再錯過要下車的車站。」

我想假裝自己已到站，起身離去，但我的屁股偏偏沒有移動。「你要去的是哪一個車站？」

「八三一，八三一車站。」他低眉垂眼，不好意思地說：「原來大家都沒有聽說嗎？我們的列車卡在八三一，以後便沒有一個人能走出來了。」「八三二十一，不對不對，七三二十一。你看，我的腦袋受過襲擊後，現在已經不太管用了——」

當他再次露出那張淒慘的笑臉時，我閉上眼睛，希望他只是我的一個白日夢。的確，列車在此時晃動了一下，當我再次睜開眼睛，他已經不在了。我只是看見一張無比巨大的嘴，打開來，像巨浪的浪頭，浪的底下是沒有被看見的浪。那是所有的人集合起來發出的尖叫，還是列車與路軌摩擦所發出的高頻聲響？

列車的廣播說：「——sorry for any inconvenience caused——」

法從夜裡來

據說，法是在夜裡來到的。

有一段日子，每一個人都在議論有關法的事，彷彿他的陰影籠罩著我們每一個踏出的腳步、每一口吞下的米飯。或者，他早就來到了，誰知道呢？畢竟，雖然我們已經風聞關於他的消息太久，但對於他要在甚麼時候來到，以甚麼方式來到，根本沒有一個人知道。我們當然也不清楚他的姓名、性別、音容，甚至於數量，就連邀請他的人，對於他也一無所知。只是為了方便，我故且稱之為「他」。很可能，在大家熱烈地談論著的時候，他已經在我們的在街上吐著舌頭，發癢的利齒正在尋找可以噬咬的骨頭。

我們的街坊裡，有些人早已買好了鎖，層層地加在鐵閘外。卻也有人來勸說我們，應該及早打掃好家居，收拾好客房，準備接待突如其來的客人。不過，應該把客房漆成藍色還是紅色；燉一鍋雞湯還是備幾斤白干，這些人自己也說不出來。他們開始以各種空洞無憑的臆想創造出自己心目中的法，並且為了誰更了解法而爭辯起來，直至只能以拳頭來作出判決。

然而，歡迎的彩旗還是插起來了，四個巨型的花牌（有我們的樓房那麼高大）橫越我們小小的公園。那些早前穿著性感舞衣的女郎，此時竟打扮得像灰頭土臉的軍人。她們暫時不去誘惑我們社區裡的老人了，使人意想不到的是，她們擅長獻唱的肉麻情歌，只要稍稍改換對象就可以派上用場。

組織歡迎活動的人才剛遷進我們的社區不久，他鼓動街坊們到公園去參與盛會，每天拿著擴音器宣揚法的偉大雄壯，偶爾又會說悄悄話似的，和觀眾分享法的秘密，比如說，法身體某處毛髮的顏色，法入睡時可愛的姿態……以此誘惑人們對他們的關係想入非非。可是，法始終也沒有出現。花牌豎立了太多天後，開始顯得有點凋零，女郎們正經八百地唱歌久了，也愈唱愈喪氣。再也沒有甚麼人到公園去當觀眾。當法的陰影稍稍挪開，人們開始如常地開展每天的生活，組織活動的人才匆忙宣稱法已經到臨。

他把法帶到公園裡去，讓法坐在一個臨時搭建的舞台上。此舉確實重新召喚起人們的注意力。到現場參加歡迎會的人，遠遠看見法胖嘟嘟可愛的身形，更是消除了不少戒心。那些小孩子尤其亢奮起來，竟然不顧勸誡奔上舞台，群眾也隨之蜂擁而上。或者，那只是一種情不自禁的親切舉動；或者，當挨近一看，法臉上拙劣的化妝立時使人生疑。無論如何，在混亂之中，法的臉皮被扯下來了，在那張臉皮下，竟是一個老街坊的臉。沒有人來得及對那個街坊動氣，因為在那街坊的臉下，還有另一張臉……

確實，我並沒有親身參與這一切。我已經記不起，自從不再上班後，我有多久沒有步出公寓。與電視機二十四小時播放著的各種肥皂劇宮廷劇歌唱節目真人騷搏鬥，幾乎消耗了我所有的心神。然而，當門咚咚地響起時，我還是立即便想起了法。我並沒有過於驚訝，只是沒有意料他竟可以穿牆而入，直接來到我的房門前。我想起自己居住在七樓，房間唯一的窗口安裝了的窗花無法徒手拆開。

我也沒有意料，門後的法竟然長得跟爺爺一模一樣，而且穿上了他的皮大褸，戴著皮手套，手腕上的金勞閃閃發亮。他咳嗽時發出了和爺爺一模一樣的聲音。

記憶之中，爺爺從沒有紆尊降貴，來到過我們寒傖的公寓。確實，我們的公寓太小了，而爺爺的身體那樣高大，在低矮的天花下，他必須低下頭來。爺爺像往常一樣，並不撫摸我的頭，也不正眼看我，只是從口袋摸出了紅封包，塞到我的手裡。他四下看看，開始脫去皮大衣、襯衫，解下腰帶，脫下長褲，最後只剩下一件背心和孖煙通。

爺爺逕自撥開一堆雜物，坐在雙疊牀的下層，並且做了一個手勢。我立即便明白了，他想要我搬一張小櫈，背向著他，坐在他跟前。小時候，當他坐在安樂椅上時，我常常這樣，充當他的腳墊。

「爺爺，你就是法嗎？」此時，爺爺的一雙腳掌，正降落在我的肩膀上，並發出舒服的嘆氣聲。

爺爺甚麼都沒有說，因為他已經睡著了。我聽到他深長的鼻鼾聲，心便安定下來——他沒有死去，他已經死過一次了，那天夜裡，坐在他家裡那張安樂椅上，搖呀搖，他早就死去，因此不會再死一次。

良久，等我確認他真的熟睡了以後，我從肩上移開他的雙腳，把它放在地上。當我回過頭去，再次看他時，他好像縮小了許多，我甚至能把他整個人安放在下層的牀板上。爺爺的臉比我記憶中平滑多了，專屬於老人的斑紋也退去了。我想起爺爺最初逃到這座城市，居住在板間房裡，大概就是這個模樣吧？那時，法距離這城好遠，還沒有來到的跡象。我忽然非常欣幸，爺爺早在那個平靜的夜裡，在搖椅上死去。

我替爺爺關上了門，走進了父母親的房間。正如我所料，嫲嫲也來到了。她坐在母親的梳妝台前，正對著鏡，細心地整理她那一頭電燙過的，如波浪一樣橫渡到她臉上的曲髮。在她離開世界前的半年裡，她的身體一點點變得乾小，銀白的頭髮才冷不防竄出。但在那以前，她的臉一直像此刻一樣豐盈，頭髮烏亮。自我認識嫲嫲以來，她每天早上起來，都會在鏡前慢慢地上妝。當她撿起一顆珍珠或是寶石耳環，給自己戴上，我注意到的，卻是她那修得非常漂亮的指甲。

從沒認過字的嫲嫲瞥了瞥梳妝台上的一封信，我立即便意會，信是寄給我的。

我把信拆開來。那信以一種看起來相當熟悉的語言寫成，但那種近乎猥褻肉感的行文風格卻讓我忽然打了一個冷戰。幾乎不必看下款，我便知道，那是法的來信。信的大意是：暫借的電視機，很快便會被收回。為了表示對我的關懷和愛護，有一個作為補償品的父親已經出發，並即將抵達我的住處。

薄日升降機

在我那個記憶的海灣裡，有時會有片片雪花飄向我，有時是一片白茫茫的浪頭。但只要細心察看，便會發現那其實是石屎地上無端長出了太多白色的花朵，淹沒了我們的街道。或者是白菊花，或者是白玫瑰，或者是絹紙，泡沫一樣，爬上我的腳掌，我便聽到低低的嗚咽，像是風的嗚叫。

「是有甚麼人死了嗎？」

坐在行人道上的一個老街坊抬起頭來看我。「你不覺得嗎？日子已經變得非常薄。如果你伸出舌頭來，就能感覺到這一年的時間比上一年更為無味。」

坐在他旁邊的另一個街坊點了點頭。「有時，你以為這個月的三號過去了，四號就會緊接著來到。然而，當你一覺醒來，你發現今天仍然是昨天，新聞紙上的日期和昨天一模一樣。」

「你難道沒有試過嗎？一個去年仍然存在的日子，今年突然便被處決了。即使多久以前已經預約好也無補於事。」

「最使人氣憤的是，忽然冒出了那麼多的專家，告訴你說，少了一些日子，脊梁也少彎曲一點，我們每一年不是過得更輕鬆一些嗎？事實上是，我們工作的日子從沒減少，它們只是變得一模一樣，這天和另一天沒有甚麼區別；那些想要哭泣和尖叫的日子卻不知道該塞進哪裡去。」

「說起來，我的父母就是這樣分開了的。有一天，我的母親忽然搬了一張椅子，坐在露台上。她這樣長久地背向著我們，只是為了等待一個永不會到臨的日子。」

有一個街坊伸手指向遠處一座酒店。「看見嗎？如果你從外部望去，它是那麼的高大、宏偉，但它的內裡卻是那麼的破落，我們如今剩下的日子就是這樣的。」

我微微點了點頭，不好意思告訴他們，我正要到那座酒店去赴一個約會。

走進大堂時，我覺得酒店並沒有他們說的那麼破落。升降機裡居然還有一個穿著整套制服的司機小姐——雖然，作為升降機小姐，她的年紀可能過於老大。當我說出要去的樓層和房間號碼時，她好像舒了一口氣似的：「太好了，這個樓層和房間仍在。」

「這酒店最初擁有十二層樓，總共三百六十五個房間。後來，我常常不知道如何向客人解釋，有些樓層忽然從按鍵上消失，那些房間便永遠無法抵達。」

的確，如果稍加注意，便會發現那一排樓層的按鍵有好些數字顏色黯淡，大概就是已經無法抵達的樓層。

轉眼間，升降機已停下來，門也已經打開，但我並沒有立即走出升降機。比起原來的約會，眼下好像有些更重要的事。比如說，我想要知道，那些不能再抵達的、空置了的樓層，如今有甚麼用途？

「你怎麼會認為它們是空置了的呢？它們被封鎖起來，正因為它們全都飽含意義，無法輕易驅散！」升降機小姐有點激動地說：「有一段日子，這酒店的房間比它建造時登記的還要多。比如說，在五樓八室到九室之間，就曾經增生了第八點五號室。這全因為那些入住的客人，把別的地方遺棄了的日子，都帶來了酒店。一年三百六十五天也不夠分配。」

「我不得不承認，自從我開始在這裡工作，便有一兩個房間是被禁止進入的了。你如果有聽過藍鬍子的故事，現實的版本是：人並沒有那麼大的好奇心。住在這麼華麗的酒店裡，天天沉醉在宴會與宴會之間，誰還顧得上去關心那一兩個被禁止進入的房間？或者，從那時開始，這座酒店便注定要落得今天的下場。」

「你在這裡工作那麼久了——難道，連你也無法違反禁令？」

「你看，現在我和你的交談，已經是違反禁令了。」升降機小姐像是在說一個笑話似的，然而，我們都看到，升降機門已經重新關上，並開始在迅速下降。

「不消一會兒，就會有人來接替我。當然，你要去的樓層，剛剛也已經被封鎖了。」

紙紮的石頭

為了拒絕那個即將到來的陌生父親，我知道，自己無法不離開原來居住的地方。也是當我重新步出公寓時，我才發覺，行人道早已經變成了沙漠，原來鋪在地上的磚頭逐一被挖起來，砌成了迷宮似的巷道。

我遇到一個正在挖磚的人。她抬起頭來，用充滿了歉疚的聲音對我說：「所有可以離開我們小社區的出口，都已經被封鎖起來；所有的關卡都需要特別的通行證。如果不打破原來街道的秩序，我們便永遠無法逃出這裡。」

雖然挖磚人蒙著臉，我卻可以從她的眼睛裡，看到妹妹的神態。事實上，我很快便發現，每一條巷道裡，都有蒙著臉的人，每一張臉上，都有我妹妹的眼睛。有些蒙著臉的人並不在街道上，而是在更高處，比如說，某個車站的上蓋。許多黑衣人，以體操運動員的姿態，從一個世界躍進我們的世界。她們側耳傾聽，做出手勢暗示普普的位置，以及指示我們逃離的方向。

磚頭迷宮把我引向一座廢棄的學校。許多街坊早已聚集在那裡。此時，我們不得不得面臨一個抉擇：如果不能像妹妹一樣行走於半空之中，那麼，我們只能開闢地下的道路。

雖然我曾經多次和同學們潛進那所廢校，卻並不知道，它底下居然還保留著戰時的地道。更令我意想不到的是，爬過一條窄長的通道後，在一個昏暗的房間裡，我竟重遇中學時代的同學——他們好像從沒有長大，正在那裡興高采烈地搓著麻將。是因為怕被誰發現嗎？他們搓麻將的聲音很輕，幾乎無法聽見。我向他們打招呼，邀請他們一塊兒逃走，但他們竟對我充耳不聞。

不久以後，在另一個房間裡，我還遇上了母親，她看起來那麼高興，打開來的飯桌上鋪開了扇貝和牛肉，打邊爐的爐具和湯鍋也早已備好了。這樣說，父親，甚或妹妹，難道也會回來嗎？

母親幾乎就要把我留住，此時卻有一道熟悉的縫隙，那個被逐離我們城市的毛絨球向我迎面走來。毛絨球張開了雙手，似乎在等待我投入她的懷中。但當我上前親吻她時，她的臉竟一下子便陷了下去，破開的臉上，還帶有我的一絲唾沫。我回過頭去，把飯桌上的一片牛肉放進嘴裡，發現它果然又澀又苦，不過是一堆紙屑。

此時，居然又出現了豬脷和阿柴。為了抵抗這些虛幻的紙製品，我伸出手指，一下便戳破了豬脷的臉，然而阿柴竟然完好無缺，甚至還向我扮了一個鬼臉。

阿柴說，你不喜歡這些我特意為你製作的禮物嗎？這些年來，我終於成為了一個紙紮師父！阿柴說話的聲音比別人低八度，並且有一張很長的臉，像是很粗的節瓜，臉青青，毛毛的……這人果然是阿柴。我很高興能夠重遇，在我們世界裡消失了的他，然而，我不明白，阿柴為甚麼要製造那麼脆弱的一個紙世界？

誰能預料，在那個地底世界裡，我卻也變成了紙紮工人。當你看到那些虛幻的紙製品，能夠給那些逃離家園的人帶來的安慰時，你總是禁不住，想要綑紮竹篾、糊上紙張，讓那些被毀滅以及被消失的，獲得第二次的生命。

有些人給我們親人和寵物的照片，有些人想要一個毛熊娃娃、一款維他奶。也有些人想我們重新造出城市裡的電車、戰前的樓房、消失的海岸、山林，生活在其中的鳥群、昆蟲……那些製成品，在地下的世界裡特別容易受潮變軟，我們只能學習西西弗斯的精神，重複建造紙的城市。

如今，我已經無法判斷，在那段日子裡，作為一個紙紮工藝師的功過。在眾多製成品之中，我始終記得那座公園——公園上有草坪、有飛鳥，許多老人在那裡打起了太極，又恢復了精神。我們給一對情侶造了紙婚紗和禮服，讓他們在草地上結成了夫婦。事實上，自從學會了紙紮的手藝，我也反覆讓無法忘記的人和事物，披上畫皮來取悅我。在黑暗的地底通道裡，那些悲傷孤寂的日子，我目睹有人因為紙伴侶的陪伴而戰勝了無望的遠途。我也聽說，有人因為沉醉於那些過於逼真的複製品而迷失了自己，永遠走不出地下的世界。決定留下來的阿柴，在把最後一個人送走了以後，是否也終於找到了他自己的出口？

大腿上的島

天空露出疼痛的樣子，彷彿有人用力地在絞它。水滴滴地滲透出來，汗一樣結滿窗外，我把手放在上面，冷感便傳到我的體內。我知道，這一切只是中毒的徵兆。

我摸了摸自己右邊的小腿，確定那座島一樣的瘤仍在，拉起長褲，便可以清晰看到血管的河流在它底下扭動，輸給它養分。前天，瘤還在大腿上。自從出現以來，它一直在我體內四處漂移。

如果有一天，我混亂的記憶全部沉沒在遺忘之海裡，最少，長在我身上的島瘤仍是一種確證。

有一段日子，我住在一家便宜的家庭旅店，房間裡沒有牀架。我躺在地板上的蒲團牀，閉上眼睛，有時可以感到地殼正在移動，整個房間，連同垂吊下來的燈泡、枱上的茶壺和牆上的蒼蠅都一併在搖晃，房子像船一樣在漂流。我無法確定，自己仍在同一個城市裡。我張開眼睛，燈泡直直地從天花板垂掛下來，那隻透明的琉璃眼瞪得好大。

無事可做的時候，我總是走進公用的浴室，脫去衣衫蹲坐在浴缸裡，但沒有扭開水龍頭。我看到一朵黃色的傘形菇從黑黑的去水口裡長出來。我已經許多天沒有洗澡，瘤島默默移動，到達了我的下腹。我撫摸它，像撫摸一個在腹中死去卻要掙扎離開的胎兒突出的頭部。這些天裡，我把島移動的路線，用藍色的筆記錄在身體上，我可以像觀看航海圖一樣，仔細觀察它在我身體上游走的航線，以及速度。在走出浴室前，我套上寬大的衣衫，像關上秘密的抽屜。

我走進一家食店，點了一份湯飯。在等待的時間裡，我感到了異動。乘侍應不留神的片刻，我伸手往自己的身上探索，發現島瘤已經移到了我胸口的位置。侍應望了望我，像是在問，可有需要她的服務。我微笑著擺了擺手。幸好是那麼寬大的衣服，她一點也沒有看出來。

我走了很遠很遠的路，帶著我那島的嬰兒。在一個澡堂的門口，年老的店員有一張靜默的臉。她甚麼都不說，只是分給我一個號碼。

我把整個身體浸泡在泥色的池水之中，水池旁邊有一個告示牌，寫明池水有治療的效用。我吃了一驚，趕忙摸了摸胸口，發現那裡很平滑，猛然站起來，很高興瘤只是移到了我的肚臍以上。

我用毛巾圍著下身，在腰間固定好。當我走在狹窄的，僅供一個人通過的走廊時，有一個男人迎面向我走來。他皮膚的顏色看起來很像一種岩石。我側著身子讓出過道，在他擦身而過時，便看到一座熟悉的島瘤長在他一邊的肩胛骨上。

男人停下了腳步，沒有回過頭來，只是用幾乎無法聽見的聲音說：「你也揹著它走了很遠的路嗎？」

門下的犄角

有一封信斜斜地自門縫下潛入我的房間，彷彿平滑的日子終於露出了它的犄角。雖然信沒有下款，但我認得那是妹妹的筆跡。

「其實你比誰都清楚。我們從來沒有離開，離開了的僅僅是你自己。

那天，我們每一個人的手機都收到了短訊，警告我們不要到街上去。然而你說，你無論如何要赴一個重要的約會。我奇怪母親竟沒有阻止你，而只是對你說：

『今天晚上要煲蓮藕湯，你可不要遲到。』那一整天，我們都心神不寧，手裡拿著的事物一直掉到地上去。花瓶炸開，鮮紅色的事物碎成了一瓣一瓣的，居然還帶著香氣。可怕的香氣。我們把所有碎裂了的東西收集到一個紙箱裡，用膠紙封了口，然後把它收藏到櫥櫃的底層，彷彿在埋葬甚麼。我們都不敢說哀傷。哀傷彷彿是不可告人的罪證，像那些驅之不去的香氣。

是從那天開始嗎？我們城市的時間變得那樣奇怪。明明有會兒，我才望著窗外的藍天白雲出神，一轉眼間，夜便已像小偷一樣悄然無聲地潛進我們的住處。父親反覆地清洗那些早就洗過的碗碟，讓洗潔精的泡沫到處飛揚。而我則一直在抹拭櫥櫃。時間過了好久，好久。我反覆說，並且不斷把鐘的時針撥回去。飯早就燒好了，但因為等不到你回來，母親便一直待在廚房，燒了一道又一道菜。我終於禁不住生氣地喊叫：我們那張小小的飯桌早就再也放不下了，再者，我們要花多少時間才能把它們吃完？等到母親終於停了下來，我懷疑已是午夜時分。我建議我們先喝一碗湯。我把湯碗拿起來，那明明是花生蓮藕素湯，但卻有一股血腥的氣味竄進我的鼻腔。我夾起一截蓮藕，沒有好氣地對父親說：『蓮藕是父親負責準備的吧？居然沒有切開來，把整截蓮藕就這樣丟進去？』父親哈哈地笑了起來，我便看到他牙齒沾染了的血。父親大概看到我驚訝的表情，迅速把手指伸進嘴裡，手指便也沾上了血。他仔細端詳研究了好一會，然後恍然大悟似地說：『一定是蓮藕沒有煮熟。』母親點了點頭，也說：『雖然蓮藕仍帶著血，但味道是沒有問題的。』我為了不使他們難過，也就把蓮藕放進嘴裡。但它是那麼的堅韌，簡直像橡皮一樣，根本咬不下去。我有一股嘔吐的衝動。當我衝進廁所裡時，我看到自己的嘴巴上沾滿了血。那時，我便知道，你是再也不會回來了。

果然，不久以後便有記者上門採訪，向我們查問你的下落。『但我們甚至還沒有把晚飯吃完。』我說。當我告訴他們，你自從出門以後便沒有再回來，他們便笑了起來，從一個黑色的，像是幫派在進行秘密交易時用的那種手提包裡拿出了一份劇本。最好忘記你的存在。他們說，只須在鏡頭前唸出：『我們家裡只有三個人。爸爸、媽媽、我。我們一直生活得很好。』我們無法逃避演出的要求，但他們也無法制止母親在鏡頭前一直流淚，而父親説話時，牙齒間總是有血滲出來。最後，他們只好找來兩個演員，扮演我的父母親。而我則負責坐在他們中間，適當地談論我們生活上的瑣事，來增加影片的可信度。

自從那次以後，我們便決定遷居到其他地方。我們從城市的一端搬到了另一端。四周的鄰居都以為，我們只有一家三口，而你從不存在。然而，總是有人記起那個訪問，指著我們低聲議論。有人説，看，那一對偽冒的父母。有人説，看那個偽冒的女兒。雖然你已經離我們而去，但你其實比任何時候更巨大地存在於我們中間。即使我們仍生活在這座城市，卻和其他鄰居心存芥蒂，變得孤立起來。原來的我們，早就被替換了，換成了現在偽冒的我們。父母親假裝忘記了你，但當我們搬家那時，我偷偷看見，他們小心翼翼地把那一箱破碎之物也搬上了車。他們把它收在自己的牀下，但那一股香氣一直自牀底竄出，沾上我們的衣衫。那是一股具有吸引力的氣味，像一個哀傷的漩渦。有時，父母親會在夜半裡做起惡夢。我走到他們的房間裡，看到他們的臉上時而露出恐怖的神色，時而滿布了哀傷。

現在，我們每逢星期天都會到海邊散步，坐在碼頭的長椅上。父母親故意擺出無憂無慮的神色，但我知道他們其實在暗暗等待碼頭的水花濺起，水警的船泊岸，那時，就會有海上的浮屍被拖上岸來。父母親的身體一動不動，但視線卻緊盯著被拉起來，像滿開雨傘那樣張開的膠布屏障，好像，即使隔著那塊屏障，他們也能判辨死者是不是你。於是，在回家的路上，我們都鬆了一口氣，父母親的臉上終於出現了疲憊的笑容。我想像自己露出了同樣的表情。那時，我們感到彼此真正像一家人。我挽著他們的手，一起到一間低調沉穩的餐室裡去，我們終於能好好地吃一頓晚飯。

我想問你是否安好，但誰能輕易回答這樣的問題？那就像，我只能對你說，如果不是因為你的消失，我們的生活裡不會充滿了令人悲傷的香氣，我們也不會持續不斷的，到那令人心碎的海邊去。」

流城如流水

我把耳朵種在地上，像是在種植一種傾聽，耳膜震動之處，便有水流過。我懷疑這裡不久便會變成一座噴泉，將有熟悉的音樂，依附著每一滴泉水，無端地噴湧。我垂手呆立在噴泉跟前，因為那冰涼的感覺，以為自己又再次回到了，許久以前那一個下午。

每隔不久，便有人傳出一則消息，重新發現我們城市的蹤跡。我在街道的深處遭遇一座玻璃樓房，「杏花樓」用白色的油彩在外牆龍飛鳳舞地寫著。一個女人推著點心車朝我的方向前進，像唱一支歌，她把嘴張開成橢圓，喉嚨抖顫著：「魚翅餃——魚翅餃——」另外一次，我走進一個展覽館。一個是穿著迷你裙戴大圈耳環的塑膠女郎玩具，包裝封套未拆，一九八〇年立勤公司出產；另一個是羅圈腿，塞著奶嘴的娃娃，生產於更早的時候。她們都有一種老人的氣息，圓睜著眼看我，彷彿她們通通來自我父親工作過的地方，聽過他年青的聲音。又有那麼一次，突如其來的兩個男人在我身旁走過，他們發出的一個音節像子彈一樣擊中了我。甚麼時候我聽見過那種語調，和節奏？深夜黑白電影裡，那個我早就錯過的時代，竟在另一個城市裡與我擦肩而過。

我發現，每逢下雨天，城市便分裂成許多許多的水窪，每一個水窪都是它的倒影。所有的倒影都是另一個倒影的倒影。我在一本書上，讀到一個熟悉的故事，彷彿說的就是我們那座城市的陷落。然而，那明明是一個陌生的名字，它距離我原本居住的地方一萬二千七百零八公里。有些悲傷事情那麼相似。我在鏡裡看到一張似曾相熟的臉。一種悲傷是另一種悲傷的倒影。

而我行走，走過的牆壁上有那麼多的吶喊，有形的疊加在無形之上，吶喊的層層化石，水紋一樣的回聲。雨落下來，蓬的一聲張開，被擋住的每一個憂傷的水點，順著一張傘面，行走著不同的弧度。

我又想起了蓮藕。藕非藕。藕是一種短笛，黑黑的充滿了灰泥的聲音，吹著吹著，就有了雨的腥氣。我走很遠的路，只是為了買一張明信片，上面有一段切開來的藕。黑黑的洞滿布。我要告訴妹妹：這是一張有著許多鼻孔的鬼臉。我想把明信片寄給她，在上面寫：你是否記得，那個我們一起坐長途巴士的下午？

那一輛雙層巴士，像是被浸泡在一種叫做陽光的化學試劑裡，把我們整個兒泡得幸福變形。正在打著瞌睡的父母親，他們的臉龐一縮一張，像水母似地充滿了彈性。我們偷偷地笑，玩著一種叫做接龍的遊戲。由縮骨遮開始——母親的手裡拿著一把歲月悠長手工精良的縮骨遮——有那麼多的詞條將由它觸發——而那時，我們正出發到一座新建的商場，就像遠行到一座新的城市。

我們的城市裡，還有著許多大大小小的城，它們其中有一個叫做美的新城，有一個叫做海港之城，有一個叫做創紀之城——我們坐長途巴士，到一座商場的城市夢裡去，只是要去看一座巨大的音樂噴泉。噴泉有六組噴嘴，每一組都被能夠變換顏色的射燈包圍著。當被操縱的水柱高高低低地升降，或像舞孃那樣扭動腰肢，幻彩的射燈便會交錯地亮起，而我們將聽見誰的聲音？

噴泉甚麼時候已經乾涸？池底的磚石有著無可修補的裂縫。我們真的聽到了來自水上的聲音嗎？據說有人曾在水上寫字，那些嘴巴被掩上後無法吐出的說話，一一被寫在水上。突如其來，被禁止的音樂高高射上了好幾層樓。商場裡的人緩下腳步，有人蹲下來，不能自已地抽泣。然而，噴泉確實已經被抽乾。泉嘴一一被堵上。水的光影在商場的大理石柱子上流過。高懸的監視器緊張兮兮地轉了一圈。每一個人都是潛在的犯人，每一根柱子都被圍上了鐵欄柵，由許多穿上制服的大漢看守著。但你如何看守，那飄忽不定的水流？你很困惑，你總是聽到泉水噴湧的聲音，但當你回過頭去，慘綠無言的噴嘴明明已經死去。

我應該把明信片投寄何處？每當有人打開一把傘子，我便看到，妹妹起飛的姿態。是的，在某一個瞬間，我突然記起了，那天下午，父母親仍然在長途巴士上打著瞌睡，我們的遊戲無疾而終，你自座椅爬到了窗框上，並且從母親的手裡拿過縮骨遮，握住打開它的機關，好像只是在等待一個時機，一陣適切的風吹過，你便能借著風，飄飛起來。

我記得，某個夏季，我們街道上那些灰頭土臉的傘子竟於一夜之間全部消失。我記得，雨在我們耳根淅淅瀝瀝地落下來，而我托著腮，觀看靜止不動的水在杯裡形成的一道界線時，仍沒有意識到，那些肢體委頓，被丟在雜物房、抽屜裡，終日沉默不語的傘子，其實早已肢架煩悶，磨骨霍霍。

是的，正是那一天，我看著你持著滿開的傘，從巴士的窗口飛走。我沒有試圖伸手去抓住你，我甚至沒有叫喊，沒有驚醒沉睡中的父母。我只是無限欣羨無限悲傷地看著你，被那把傘子帶到了非常高遠的天空之中。

暗黑體物

暗黑體物

透過一片玻璃，警務處長俯視那些堆放在地上、騷動著的暗黑球狀物已經好久了。他的雙手深深地藏在褲袋裡，目光迷離而朦朧，彷彿改造室裡反覆播放著的月光奏鳴曲。已經可以證實，音樂不能對它們起甚麼薰陶作用。對於這些很可能終於要被傾倒進大海裡的暗黑體物，處長由衷地感到悲傷——雖然，滅絕它們的想法，未嘗沒有讓他感到快意。

處長的悲傷是真誠的，畢竟，它們本來都屬於他所培養出來的「精銳部隊」，——

成功鎮壓了城市之前一連串的暴亂——當然，如果現在他還有機會，在每天四時召開的記者會上，當著攝影機的鏡頭說出這樣的話來，那些狠狠地盯著他的一眾血紅色的眼睛恐怕不會同意。

在記者會上，就著燈光，警務處長微笑起來，像是參加雞尾酒會那樣，稍稍調整了一下自己的西裝。大家都以為他準備開口說點甚麼，但在緊張對峙的目光中，他的嘴巴居然始終緊閉。那些蓄勢待發的提問者並不知道，在私下的聚會裡，處長曾多次慷慨陳辭，表揚過最前線的鎮暴警察，使得那些由厚重的保護衣下汗濕的軀幹延伸出來的脖子愈加展揚起來，支撐著他們仰起的頭顱，在陽光下宣示著他們那些堅挺、骨頭沒有被打碎的完美鼻子，張著他們沒有被子彈炸爆的明亮眼睛——彷彿，他們是真正的英雄！只是，在記者會上，在眾多灼熱目光的注視下，處長發現自己的羞恥感並沒有完全泯滅。他無法像自己的下屬那樣，堂而皇之地把女人的胸部說成是攻擊性武器，把一腳踢開的跪求在地的老人說成是障礙物而不臉紅耳熱。

事實上，處長一向故意和那些低階的警察保持距離——他們大多連早報也不讀，下班後如果不是流連賭場，就是到桑拿浴室，一不小心就弄出一樁半樁強姦、貪污案來讓他尷尬。剛上任時，他不是沒有好好整治他們的念頭，然而，偏偏那時他們如此需要這群粗野的瘋子。想想那一陣子，那群畏縮的首長級官員每天躲進市長的冷氣官邸裡閒坐，空談平息暴亂的對策。但實情是，如果不是得他的「精鋭部隊」保護，偷偷從秘密通道進出，他們根本連踏出自己家門的勇氣都沒有！

不過，那段令人感到羞恥難當的日子，未嘗不同時是處長人生最光輝的時刻。處長始終不能忘記，那一陣子，市長每次和他說話幾乎總是低聲下氣的。有一次，四下無人，她竟近於曖昧地把手疊放在他的手背上，説：「如今，除了你，我可説是一無所有……」

現在，市面上已大致回復平靜。自從新任市長就職以來，滿街的標語已被新鮮塗上的油漆掩蓋，使得整個城市看起來就像是剛剛經過翻修好，可以開始營業的店鋪一樣。政府已大致控制了媒體，警察一手扯開少女上衣、用膝蓋壓住俯伏在地的少年的頸椎、衝上火車車廂隨意毆打乘客的片段已經不再在網絡上流傳。公共關係科提出警隊也是時候革新——意思是，購入一批新式的制服、拍攝新的宣傳片……處長一一首肯了這些提議，雖然，他知道這一切皆無法遏止警察們在街上巡行時，因看見妙齡少女，嘴角突然竄出的獰笑，也無法修正他們麻木不仁的眼神。

城市回復正常有甚麼好欣喜的呢？正因為暴亂被平息了，曾經的「英雄」竟沒有死去，沒有變成紀念碑，現在看起來也格外顯得礙眼與多餘。他們似乎並不明白，正正是自己成了魔的臉，像流動的地雷，能夠隨時隨地炸開人們的記憶和恨意。那天，在市長官邸翻新了的大廳裡，當外國使節在鋪好了白色桌布、放滿了鮮花的餐桌前就座好，準備享用晚餐時，X地來的外交部長舉起了的匙羹遲遲沒有落下來，所有人才突然都注意到有些甚麼令他無法暢快地下嚥——那時，處長根本無法直視那些從制服裡趾高氣揚地伸出來的頭顱，以及它們放肆下流的目光，他只恨不得立即用繩索把他們的脖子套住，驅趕到大門之外！

「更換了這些頭顱。」乘大家都低下頭去喝栗子泡沫濃湯時，處長聽到新任的市長咬牙切齒地在他的耳邊低聲地說道。

處長仍然站在那片玻璃前。在他身後，掛著一幅《埃克洛麵包師的傳奇》。在畫裡，青綠的具有鎮靜效用的椰菜暫時代替了腦袋，安放在那些靜坐著，等待麵包師給他們搓出新臉的人們。至於他們原來的不夠體面的頭顱，則成堆的，像椰菜一樣被丟進了籮筐裡。很難估計，它們其中有多少個能在成功改造以後，重新放回它們原來的脖子上。

而這些警察的頭顱還遠遠不只是不夠體面——處長忽然覺得，這麼多頭顱匯聚在一起，就像一個暗黑的、適合置放於集中營裡的波波池。他禁不住從褲袋裡抽出一隻手，一個按鈕被觸動，一種經常在夾玩具機箱裡可以看到的機械手臂（只是大了好幾倍）便緩緩降下來，造成了那些頭顱一陣劇烈的騷動。它們海浪似的湧向四周，把波波池變成了一個向內陷落的漏斗。然而，機械手掌還是毫不費力，抓住了兩個頭顱，其中一個不幸地被甩進了一個洞口，隨著金屬管道，像在滑梯上戲耍似地哐啷哐啷滾下，直至抵達處長腳邊的另一個洞口。處長也不戴手套，便彎下身去，抓住它的兩隻耳朵，把它提了起來，就它的左右腮幫子檢視了一下，很滿意頭顱足夠渾圓——唯一的問題是，這張臉也太熟悉了。

「告訴我，你是『34218』嗎？」

見頭顱一言不發，只是圓睜著眼睛看著自己，處長便記起，自暴亂發生以來，他已頒下命令，允許下屬執法時戴上面罩，並且不必展示自己的編號，好讓他們「無後顧之憂」。如今，大概連它也忘了自己的編號吧？事實上，處長不得不承認，那陣子坐在熒幕前觀看那些血腥的新聞片段時，有時連他也無法分辨清楚，那些突然在街道上揮棍追打途人、在城市裡到處點火的，究竟是黑幫分子、示威者，還是他的下屬。

處長覺得頭顱愈看愈令人噁心，便從褲袋裡摸出了自己那條白色的手帕，蒙住了它的臉，在它的後腦打了一個結。

「頭顱這樣看起來順眼多了。」處長想，同時環顧了一下四周，注意到觀察室內有一個坐在角落裡負責看守的新丁。

「來！我們來踢一下足球！」

對於處長的命令，那個新入職的警務人員臉上露出難色，雙腿並沒有立即移動，處長便不耐煩地說道：「沒有手沒有腳，這些頭顱能滾到哪裡去？有甚麼我來負責。」

新丁只好微微點了一下頭，跟隨處長走出了改造室。他的臉孔那樣的年輕、那樣的具有天真的稚氣，一時讓處長有所感觸，幾乎就要回想起自己當年加入警隊時的光輝理想——但處長的嘴巴只微微張開，又隨即合上了。

來到警署外的一個操場上，處長把頭顱放在粗糙的石屎地上，只想用力一踢，好去除他心中的煩悶感。不過，頭顱沒有應腳而起，倒是處長突然呱呱大叫起來——

站在一旁的新丁，很清楚地看到頭顱如何張開嘴，把處長的鞋緊緊咬住了。頭顱那樣兇狠，牙齒大概咬進處長的血肉裡了吧？不過，新丁沒有立即干預，過了好一會，才從腰間掏出甚麼，向頭顱發射。頭顱露出痛苦的表情，牙骹放鬆了，球狀物隨即跌落地上。

「你發了瘋嗎？在這裡發放胡椒噴霧？」

處長一臉痛苦，想要伸手進褲袋裡摸出自己的手帕，才發現它已經不在。新丁這時遞上一條毛巾。在處長忙著抹乾淨臉上的異物（誰知道噴霧裡混了些甚麼？），還未來得及睜開眼睛以前，新丁已狠狠地朝剛才那個臨時足球踢了一腳。頭顱一下子飛得老高的，很快便消失於他的視線範圍以外。

「長官，你看是要再換一個頭……足球，還是——？」

處長好不容易睜開眼睛，找到一旁的長椅坐下來，揮了揮手，示意新丁回到自己的崗位上。處長驚魂未定，臉上腳上的痛楚也還未消散，卻忽然嘿嘿地笑了起來，眼角同時濺出了幾顆淚水。

過了這天，處長便將卸任，他將到何處去？不久以前，處長才意識到，他是無法在這個自己成長的地方繼續生活下去的了——雖然在出席公眾活動時，處長也曾經被抗議者丟擲的雞蛋打中過，但直到那天，他被擋在那家自小便常常光顧的麵店門外，從老板娘的目光之中，他才真切體會到這個城市對他的恨意。在下台前不久，說為了嘉許平亂成功，市長還特別發給他一枚金燦燦的徽章——現在，他不禁懷疑市長溫婉的笑容裡所包含的惡意。

至於改造室裡的頭顱，處長已決定不再看它們一眼。他其實早已預知，那些暗黑物體都將無法通過檢查。它們會被秘密地運到填海區，丟到海牀的最深處，被沙泥淹埋。屆時不單沒有國歌、沒有升旗禮——而且，他能想像，如果事件被揭發出來，附近的居民恐怕會激烈地抗議：怎能在他們的家園裡丟棄這些致命的污染物！那顆被新丁一腳踢走了的頭顱（想必屬於34218），或者倒是幸運的。處長想像，頭顱會否就落在附近一條淺溪裡？現在，它就像一顆沉默的石頭那樣靜靜地待著，任細小的魚群在它臉頰的兩旁不住游過。那麼，溫柔的流水將終於掀開那條遮閉它雙眼的白手帕，並且一再擦洗、撫平它扭曲的臉容。

魚蛋秘行

魚蛋秘行

你在U201號地鐵站內，朝寫著貓星街的指示牌走（事實上是不由自主地被人潮推動，你必須在被淹沒前，及時主動選擇繼續前行的方向）。你的身體被電梯帶動上升，你漸漸聽到了紛雜的人聲裡傳來有些走音的過時流行曲；混濁的空氣裡幾乎甚麼氣味都不缺，但仍有一股怪異的臭味脱穎而出。除了聳動的人頭以外，你最先看到的，是幾乎遮蔽了天空的低垂招牌。你很訝異，理髮屋、書店、影音鋪、大賣場像是一束亂七八糟的殘花被綑起來，同時呈獻於你。街道上的人紛紛出現了——唱歌的是一個像你父親模樣的中老年男人；有一個人正在地上像陀螺一樣旋轉，另外一個人伸出雙手，彷彿正在用無法看見的線拉扯著那個人形陀螺。旁觀的年青人神態調皮，他們的頭頂豎立各種獸類的髮型，以廉價衣物把自己裝點得尖銳耀目。很多人手上都拿著一種冒煙的小食，一枝竹籤上串著好幾顆黃澄澄的丸子。你看到竹籤的尖端，像利器。一個裝了假睫毛的少女噘起嘴唇向它吹氣，看起來既挑逗又富有挑釁性。

你心裡一凜，知道他們手上所持，正是你要找尋的標記。這種南方瀕海族群的小食，一些地方稱之魚丸，這裡則叫做魚蛋。你經過那些年輕人，沒有發現推著鐵皮或木頭車的流動小販，只有一處賣小吃的店面，僅夠兩個頭髮凌亂的中年婦女，縮起身體坐在那裡。盛滿油的鍋子已冷，網架上堆滿那種表皮炸成蜂巢的豆腐磚塊（你終於辨別出臭氣的來源）。一顆顆飽滿的魚蛋，卻仍在兩個滾熱的深筒湯鍋裡逕自沸騰。兩鍋魚蛋顏色一深一淺，你按照一本書上的指引，指著深色那鍋，說要一串辣的。一個婦人揚起眉，卻沒看你一眼，只是沒精打采的拮了一串魚蛋，沾滿了茶色醬汁，擱在一個不鏽鋼小碟裡。

你默默拿起魚蛋。如果有人此時注目於你，必注意到你吃魚蛋的神情，比任何人都嚴肅。你仔細咀嚼，咖喱的辛辣和甜味滿布你的口腔。你吃不出魚的味道。當然，你早就知道，魚——寫意而非寫實。雖說這種街頭小吃，慣以麵粉混和魚肉打製而成，但臨行前已有一高人指點過你：「若得其中真諦，魚肉不過在可有可無之間。」

在一本攝影雜誌上，你看過一幀黑白照片，吃魚蛋的人獨自站在行車天橋上，臉有一半掩沒在一片雲的陰影裡。配圖的文字說：「魚蛋屬水，關乎流浪。女巫的坐騎是掃帚，它的坐騎則是竹籤。吃魚蛋的，必須捨一切桌椅餐具一切群體儀式，孤自一人，以無拘無束自由之姿態享用。魚蛋不可無醬汁，必得箇中技巧者，不為點滴醬汁所沾，而流露本來無一物的瀟灑姿態。」

你小心翼翼的，把拿著竹籤的手再挪遠一點，好和身體保持距離，才伸長脖子又咬去一顆魚蛋，卻仍然難以避免滴下的醬汁沾到自己的手指。你急忙吮去手指上的咖喱汁，並禁不住擔心別人的目光，然而，四下紛雜的環境是你最好的護身符。根本沒有人注意到你的存在。

你聽說，魚蛋可謂H地的圖騰，模仿羅蘭巴特筆法的那本《H地神話學續篇》不是說：「街頭可拮之物，當然不止於魚蛋。然而魚蛋輕巧，任竹籤出入於無人之境，不若牛丸、墨魚丸等緊實沉重，不易為籤操持。比之其它丸類小吃，魚蛋之原味也更為撲朔迷離，尤難追溯，竟直接以咖喱汁、甜醬、辣醬的載體存在。本體消失，也就更趨純粹精神境界。」又謂：「H地食品中，以金黃色澤、形態渾圓而聞達者不少，其中又以之酥皮香口之蛋撻與菠蘿包馳名海外。不過，若論民間文化之象徵，則皆不及輕如無物的魚蛋。要知蛋撻與菠蘿包雖然價格便宜，然而皆甜美夢幻；製作魚蛋之魚肉卻本為漁販之剩餘，棄之可惜。魚蛋平淡無味，辛辣作為日常之調劑，更具底層個性。且兩種甜品皆烤焗而成，只具青春火性，而魚蛋卻得先經捶打、油炸然後放在熱湯中泡煮，千錘百煉，尤具彈性，可說真正具H地民眾精神。」

你又看了一眼那些正在吃魚蛋的青年，推敲所謂民眾精神是甚麼意思。你記得當年H地最後一位殖民地長官熱愛蛋撻，那人臉圓貌善，吃蛋撻時更常露出一張卡通人物似的滑稽饞相。殖民長官愛的是手工蛋撻，既是民間技藝，又是平民食物，無怪能博得好感。然而，撻，tart也，本就是舶來甜品，據說十四世紀已出現在西方帝國皇室飲宴上。殖民地以新法炮製，把殖民者的食品發揚光大，討得長官喜歡，不足為奇。然而魚蛋來自蜑家漁戶，其中未被歸化的蠻勁，斷不可以輕視。

《神話學》的句子繼續在你腦裡浮現：「魚蛋不足飽肚，啖之乃隨興之舉，屬消閒性質。消閒而不入商場店鋪，可說犯了H地官商之諱。要知H地雖未徵消費稅，但稅自在商品價格之中。官商巨頭坐擁城中土地，更可不時填海移山、驅趕民戶以充實之。一般小商戶皆得納高昂租金，而租金不得已必轉嫁消費者。民眾不入商場消費，即不納地租。是以賣魚蛋之流動販子，在上者必恨之如同革命亂黨，百姓卻視之為解放之士；官迫民愈烈，為民者愈加愛啖。」

這時，你忽然想起美國獨立戰爭以前的波士頓茶案。不是有人說過：「既然我們在國會沒有代表，國會就無權對我們課稅」？你心裡一驚，禁不住再咬下一顆魚蛋，咖喱的甜辣之間，竟漸漸生出血的腥味。你瞥了一下四周，街道上的表演依舊，只有一個窄肩青年，手執兩枝竹籤，似有所動。你與他眼神交接，覺得目光何其鋒利，竟似暗器射向你的雙眼。你把手按在腰間，感受到槍枝仍在，才稍稍感到安心。

現在你把竹籤丟到地上（你大概不知道這可以被罰一千五百元），再往前走，離開了人群。你漸漸注意到，老舊的屋簷下，站著的那些女子，紛紛向你拋擲善意的眼神。你立時注意到其中一兩個，或許與你是同鄉。你想起「魚蛋妹」這個人們不再怎麼提起的H地俗語。你下意識地盯著她們的雙乳。在被機器取代以前，魚蛋師傅是如何用雙手捏搓出一顆顆魚蛋的呢？魚蛋你沒有捏過，但麵團卻是有的，搓揉的力度，你也記得。

你覺得有點累了，抬起頭來，看到兩旁大廈的窗口格外窄小。如果從那裡向外望，會是怎樣的一番風景？H地的夜色舉世聞名，你還沒有好好觀賞過。前面的女人向你笑笑，好像對你說：何不先歇息一下？晚一點，你可以到樓下再拮一串魚蛋，或者能從它隱秘的味道之中，發掘出更多有關H地的重要情報。

無遮鬼

無遮鬼

那蓬蓬的聲音，最近總是在她耳根響起。彷彿是子彈在空氣中穿過，剛好擦過她右邊的臉頰。她看進鏡裡，幻想那道在她臉上留下的隱秘傷口，一不小心，把它扯破，血便會點點地滴下來。或者，那只是雨傘蓬蓬張開的聲音。九月，冷而無雨。她回過頭去。灰黑的路上，除了飛馳的車和塵，甚麼都沒有。只是，她又看到架上那把被人遺留下來的摺傘。一連許多天，每次經過圖書館，那把鮮黃色的摺傘總是有氣無力地躺在那裡，骨架散開，可憐兮兮地召喚著她。甚麼都是注定的，她想。傘被收進她的手提包，在小巴後座，她看到玻璃上的一道刮痕，像某種恨意，一再刮破車外流動的風景。她，年三十七，獨身，打份牛工，沒甚麼特別嗜好，不過喜歡執些垃圾，鏡、老鐘、無人要的傢俬。鄰居是這樣說的。都幾邪門。執到寶至真。她說。把傘洗刷一下，便煥然一新。只是有一道暗色劃在傘面上，像是蝕入骨肉裡的血跡，怎樣也無法洗淨。她把傘束好，掛在門把上。夜裡她看借來的影片，許多年前看過的《胭脂扣》。她聽到事物晃動的聲音，回過頭去，傘靜靜的，投下一道暗影。那大概是風。半夜卻驚醒，背上全是冷汗。傘仍在那裡，只是變得異常沉重。勉力張開，蓬的一聲，骨架挺拔，不過是一道弧形的血痕，哪有甚麼？但她聽到聲音，像是洞裡的回響。我。女子。年三十八。獨身。佢哋拉我，還未問話，就除我衫，有個豆皮佬，三柴，細細聲講，話要強姦我。我冇出聲，只係成晚想瘑尿。她收好傘，背上仍然冒汗。她不過打份牛工，無權無勢，幫到啲咩？聲音似乎消失了，似乎沒有。她走到街上。許多警察經過，手裡拿盾，和棍，還有枝槍，插在腰間。她聽到，細細聲，話要強姦我。不過是幾個學生，有些著短裙，未夠秤。幾百個警察把他們團團圍住。她想去看看。出門記得帶遮。鄰居提醒她。她便拿了黃傘，放進手提包裡。馬路上竟然無車，而那麼多人，默默無言，向那些警察走去。她發現手提包抖顫不已，只好把黃傘拿出來，緊握在手裡。定啲。定啲。你們最好後退。那把聲音，細細聲，唔係強姦你。許多人回過頭來，要傘。她愣了一下，來不及想，便把黃傘遞了出去。她聽到聲音，像是槍，又像是雨傘張開。人們開始向來路跑，她仍然呆在那裡，許多雨傘被屈折、扯斷。到處都是蓬蓬的聲響、煙霧、紅了的眼，甩皮甩骨的人群來了又去，鬼上身一般，就是不肯走。她獨自回家，想起傘裡的回聲，想那女子，無法入眠。新聞總是重複廣播，說那是危險地帶。但人們都沒有走，瞓在馬路上。那些折骨散架的傘子，被人砌成巨牆，被塑成像。她走近去，仔細看，有沒有血痕，有沒有女子的回聲。她總是放工便去，跟傘說話。有些人以為她發癲，對她側目。她只是覺得歉疚。現在也好，不知算不算是投胎轉世？但總有一天警察再來，拆晒啲遮。她只是打份牛工，三十八歲生日，向老板請了兩天假，瞓在街上。醒來便到處走，像是招魂。鬼沒招來，警察卻像潮水，背後跟了隻巨臂，甚麼不一下子砸毀，何況那些皮包骨的傘？垃圾車來了就走。有人給她上手銬，問她明唔明白，她想說些甚麼，但無法說。我。女子。年三十有八。佢哋拉我，還未問話，就除我衫。她坐在那房間裡，冷得發抖，又想大便。廁所道門好矮，個個都望到我。

我問佢哋要廁紙，等咗好耐，兩三個警察行過，淨係陰陰嘴笑。有個三柒，細細聲講，再嘈強姦你。房裡甚麼人都沒有，但她耳根又響起蓬蓬的聲音，像是有人開槍，像是有人開傘。有人走進來，問她，是否需要律師。她看見房裡有一扇黑色的窗，能夠照見自己的臉，以及那道透明的傷口。她輕輕一扯，臉皮便裂開，血一點點滴下來。她茫茫然回過頭來，我淨係要個法師，魂兮歸來，嚇死你哋。

Contagious Cities: Hong Kong

Contagious Cities: Hong Kong

二〇〇三年四月，你從尖沙咀一個碼頭上岸，把健康申報表投進一個白色塑膠箱裡。一個體溫探測儀掃過你的前額。你獨自進入入境大樓一座電梯。你看見樓層按鈕都被覆蓋上透明的膠膜，旁邊貼有「每小時清潔一次」的標記。你清楚知道自己要去的地方，但舉起的手指忽然在半空凝住。你按專家的建議，從褲袋裡掏出一把鑰匙，以它的尖端，觸動樓層按鈕。你走出電梯，發現四周只有寥落的幾個人。你第一時間看到的，是他們的眼睛，沒有表情的眼睛，因為他們的臉通通被N95防毒面罩包裹著。這使他們看起來像鳥。你看到一個頭顱在轉動，有一雙眼睛瞇起來。

或者，他／她對你笑了一下？但一隻鳥笑起來是怎樣的？

這年二月，一種具有高度傳染性的、致命的新型肺炎突然在全球爆發。起初，它還沒有名字，也沒有人清楚它傳播的源頭。直到三月，它才被命名為 Severe Acute Respiratory Syndrome。種種線索指向了你所居住的這座城市。這種傳染病的縮寫 SARS 聽起來像你們常喝的一種汽水，沙士，沙士。你們這樣親切地叫喚它。在幾個月內，它迅速感染了城市裡近兩千人，奪走了近三百人的性命。

街道上的人似乎突然都消失了。然而，這並不影響鳥類在這裡的停留。你抬起頭來。就像平日一樣，在城市被高聳的大廈割開的狹小上空，可以看見展翅的大麻鷹掠過。四月是候鳥返北的時節。不少過境遷徙鳥為了避開嚴冬，每年秋季從北方沿東亞—澳大利西亞鳥類遷徙路線到這個亞熱帶城市短暫停留，春天時又途經這裡返回。

島是否香港最早的旅客之一？一百多年前，香港島上居住的人口還不夠一萬人，在地圖上也沒有一個確切的名字。東來的航海員倒是早已知悉，它是一個可供補給及休息的港口。二〇〇三年，在這個居住了近七百萬人的城市裡，許多人曾經以為自己只是在此暫避戰亂與饑荒的過境旅人，卻最終在這裡終老。這些人包括了你的父母，以及祖父母。

把時間再推前一點。一八四一年，英國人不費吹灰之力便佔領了香港島，但要直到軍旅在這裡駐紮，才發現他們真正的對手，是一種他們稱之為 Hong Kong Fever 的症候。根據紀錄，單單一八四三年，已有「百分之二十四的駐軍，以及一百零五個歐洲居民死於此病。」無論是否出於本願，這些歐洲人終於再也沒有回到他們的故鄉。

專家曾經認為，香港熱病源於島上獨特的氣候及地理形態，花崗岩分解形成的瘴氣無法消散，成為了殺人的毒氣。二〇〇三年，香港地景已經被徹底改造。位於尖沙咀的海運大廈在一九六六年開幕時，是全亞洲第一座購物商場。這些一座接一座，連綿的商場很快佔領了香港。你由一座商場通往另一座，在冷氣間裡打了一個哈啾，完全感受不到春天的潮濕和暖意。

商場的一個出口，直接通往地下鐵站。你沿自動扶手電梯下行，來到月台上。一輛亮白的列車到站。你發現平日擠滿了人的地鐵車廂，只坐了兩三個鬼影似的軀體。但你並不感到恐懼，倒是舒了一口氣。即使已經在這個城市居住了二十多年，你其實還是無法適應每天像浪一樣湧來的陌生人臉。他們臉上沒有被口罩遮蓋，鮮活的五官直接向你迫近。你瞪著眼睛，緊閉嘴巴，覺得他們就像在這城市裡留居或過境的五百多種鳥類，不同的樣貌形成另一種堅硬的，不易穿透的花崗岩。你看見一個轉動的頭顱，現在，他／她細長的眼睛正盯著你看。你沒有聽到叫聲。每一個人看起來都是一個秘密，一個連他們自己也無法洞悉的秘密。

你遇見的，是否一隻候鳥？是否一個旅人？根據統計，單單二〇〇三年的二月，就有超過一百萬過境的旅客。那時，你沒有辨認出，人群中，那位從廣州來的L先生。你沒有認出他，因為那時，他還是一個秘密。二月二十一日，L先生和妻子住進了位處九龍的M酒店，房間的號碼是911。L先生也是他自己的秘密。躺在M酒店的牀上，發著高熱的他並不知道，自己將再也無法離開這個城市，並成為一個聞名於世的「超級帶菌者」。病毒秘密地傳播，就在二月二十一日那短短一天裡，M酒店的九樓，悄悄侵入了那些來自新加坡、美國及加拿大等地的旅客，並將隨著他們播散於世界其他地方。

二〇一八年六月，當教授P帶領一個外國記者來到M酒店時，它的裝潢和十五年前並無太大分別，但酒店的名字已經更改。踏進顏色暗淡的玻璃自動門前，教授回過頭去，提醒記者不要在這裡提及敏感的字眼，然後便逕直走進了大堂，乘升降機直上九樓。記者沒有找到911號房間。教授說，門牌早已經被摘下來了。為了看清楚這個傳染病爆發的源頭，教授P忘記自己已經來到過這家酒店多少次。但他想知道的秘密並不在現場顯明。

在二〇〇三年的二月，秘密仍然是秘密。那天到過酒店的，不單是旅客，還有在機場工作的C先生。C先生不想向任何人透露此事，但病毒很快使他不得不求助於沙田的一家公立醫院。不久以後，兩個內科醫生帶著他們要考核的八名學生，環繞著C先生，傾聽他肺部的雜聲。當時，沒有人知道，藥物霧化器把C先生充滿沙士病毒的痰涎化成了氣霧，連同這些師生在內，共有近二百人，成為了新的感染者。

本地的新聞提到L先生的名字。據說，他來香港的原因，是為了參加外甥的婚宴。但你讀到的一份本地雜誌不是這樣說的。雜誌說，L先生目睹了廣州肺炎的爆發，作為參與救援的醫師之一，他怎會不知道自己已經染了病？L先生是對內地的治療失去了信心，借故來港，尋求一線生機的。

教授P不懂中文，所以，他並沒有讀過這則報導。P事實上也是一個旅人，出生於曾經也是英國殖民地的斯里蘭卡，在當地最負盛名的一家羅馬天主教書院唸書，後來又在英國的牛津大學攻讀病毒學。一九九五年，當P來到香港，協助成立那一間位於山腰醫院的實驗室，他還以為自己只會短暫停留。

二〇一八年，在出發接受訪問前，教授P再次走進曾經是實驗室位址的白色大樓。由於大樓即將被拆卸，大部分的儀器已經被移走了。他沿樓梯往上走。破落的牆壁像一張張被毀壞了的臉，只有最熟悉的人，才能夠認出它們。二〇〇三年，正是在這裡，教授P和其他幾個研究員，總是工作到深夜。在電子顯微鏡下，他們發現了，那種看起來有著球狀邊緣，像日冕一樣的 SARS 病毒。

然而，他們那時還未知道，這種病毒原來竟寄生於一千六百多公里外，雲南洞穴裡的一種蝙蝠。居於廣州的L先生為甚麼來到了香港？居於雲南的病毒怎麼來到了廣州？教授P對記者說，現代生活不單創造了密集的城市，還有密集的禽畜市場。在廣東的野味市集裡，流動的不單是金錢，還有各種人類陌生的病毒。

二〇〇三年的四月，你步出了九龍灣地鐵站，走向一座被租用為教室的商用大廈。那時，是你唸碩士的第三年，助學金已經停發，寄宿的地方也被收回，作為學生的你無法負擔香港高昂的租金，只好暫時在內地N鎮一座小房子裡，繼續撰寫論文。但你仍每星期回來一次，上一門法文課。你的導師是一個本地人，喜歡教你們如何用法文說冷笑話。這天，即使他費力地隔著口罩說話（或者他說了一個笑話？），但你始終無法聽清楚他在說些甚麼。你只是看見，不斷噴出的口水花把口罩的中央沾濕，使它終於穿了一個洞。

你環顧了一下課室。來上課的連同你，只有三個人。你知道，就在附近，一座百多人被感染的屋苑大廈，已被封鎖起來，住戶被送到郊外隔離。但你就像其他人一樣，還不知道，促成病毒播散的是未能有效運作的排污渠系統。狹窄的天井，以及只有3.5平方米的浴室，是使得帶病毒的水氣凝結及無法稀釋的原因。有些住戶已經決定拋售他們的單位，移居外地，他們無法預計，二〇一八年，它們將升價近十倍；因為入境條例放寬而大量湧至的內地遊客，則把大廈當成了遊覽的景點之一。

你把臉轉向窗口，透過你自己的倒影，像鳥一樣的臉孔，你希望看清楚這座城市，好像，這是一個難得的機會，不久以後，人群便會開始蜂擁而來，比以往更加稠密。此時，他們看起來不像是鳥，而是像一群集體飛行的蝙蝠，一再發出你無法聽見的高頻聲音。

月事

一月橋

深紅色的母親活在深紅色的海裡，島一樣的我們仍活在城市的島上。一月的冷風吹過時，我把頭探出了自己的窗。那是午後的三點一刻，每一個站在街道上的人，唇上都結了霜，微微張開了的他們的嘴，全都無法合攏。

「所有的人都成了沉默的斷橋。」另一個城市的記者這樣描述我們的城市：「每一座橋上都立著一個眼簾低垂的演奏者，他們環抱年輕女人的肉體，以雙臂拉奏出大提琴低泣的聲響。」我沒有聽見任何聲音，於是企圖回想記者的臉，但我只是記起他坐在逐漸遠去的火車上，眼和鼻都躲在望遠鏡的背後。

對於另一個城市的報導，父親想要怒吼，但他只是冷笑（所有的電話都已經撥不出去，所有的聽筒裡都只是他自己的回聲）。他把報紙燃燒成雨粉一樣的灰，然後展開他那巨大的地圖。父親指出城市與城市之間正在擴大的裂縫。然後，和其他人一樣，躺在地圖上的他，身體像蜈蚣一樣彈起，雙手按在一個城市的名字上，兩腳卻跨過了海，踏上了另一個城市。

倚著窗，我告訴妹妹，他們正在實驗建橋的方式；而妹妹卻笑著說，他們只是在玩一種新鮮的遊戲。妹妹看來並不知道，從人體彎曲的形狀，能夠摸索出造橋的秘密。我企圖用一整本的筆記，記錄人們呈現的弧度時，她只是拿著望遠鏡，窺看另一個城市。我取笑妹妹根本不懂得力學，甚至忘記了最簡單的算術，而她卻說，她看到另一個城市裡，那些紛紛湧到斷橋前頭的人，只要她用拇指輕輕一推，他們就會輕易掉落。

入夜後，我慫恿妹妹一起進行橋的實驗，而她卻穿上了過於華麗的衣服，拿著一盞照亮自己的電燈，向我走來。我看到她像公爵夫人一樣，臉頰被高高的，百合花一樣的衣領包裹著。她的袖子像燈籠，而嘴巴是血紅色的。頭髮披散著的妹妹伏在地上，叫喚我，像吠犬，然後她仰起臉來。我發現，她眼睛的四周也塗上了迷彩。

妹妹再次叫喚我時，我別無選擇，只好拋開沉悶的筆記，把她的衣領解下來，展開如扇子，而且任由她把它安頓在我的頭上。在妹妹的眼睛裡，我看到衣領成了一個奇異的冠，而自己在它的底下，成了另一頭獸。當我笑時，犬齒開始尖利，溢出了唇。妹妹那冷得雞皮疙瘩的脖子卻非常蒼白，而且柔軟。她彎腰俯首，從我的兩腳之間穿過，彷彿穿過一座橋。而她的聲音從喉嚨的深處斷續地發出來，像遠去的火車。

不知何時開始，窗戶已經消失，遊戲已經開始了嗎？我被拋在妹妹的目光以外，猜不透，在黎明以前，我們誰會先捕獲，並噬咬對方。在那些坍塌的橋下，橋的影子交纏，使一切看不出裂縫，只是，在它們之間，潛伏著很深很深的，玻璃似的洞。
我高聲叫喚，希望提醒妹妹，那是玩遊戲的人必須注意的陷阱。

二月雞

他們根據街上那些巨大的籠，推斷二月運進城市的雞將肥大如牛。

我跟隨他們一起跑到大街上去，然而，帶備了的穀物並沒有派上用場。籠裡並沒有我們所期待的色彩艷麗的雞，只是擠滿了那些像母親一樣，擁有豐滿乳房的女人。在竹篾之間，她們露出憤怒的面容，但那些從她們嘴裡吐出來的，異地的語言，卻像雞的叫聲一樣難以明白。蹲在路邊，我們發現她們臉上的顏色都融化了，露出異常蒼白的臉，和一張張塗上了血紅色彩的嘴巴。

或許，她們已把所有的雞都吃掉。我們議論著說，但那幾個負責看守的警察卻把我們趕到馬路的另一面。他們用黑色膠帶把放置了好幾個大雞籠的街道封起來。他們拉緊大衣，抱怨著已經這樣站了一整天，而街道這樣寒冷。「有甚麼辦法呢，監獄裡再沒有多出來的位置了。」一直到離開，我們仍然沒有人知道那些女人為何被關在籠裡。

「她們是作為母親的替代品被非法運進城裡的，只要有錢便能買下她們。」一個纏著頭巾，坐在欄杆上的男孩子說。他給我們每人抽了一口從父親店裡偷來的煙，並給我們一分鐘的時間，讓我們看他藏在身上的那一幀照片（那時我們，包括他自己，還不知道那個露出一邊乳房的漂亮女人，就是正在餵哺他的母親），所以，我們中間沒有人不相信他的話。接下來的幾天，我們決定不再回到乏味的學校，而是把家裡可以變賣的東西都帶到街上來。

街上愈來愈寒冷，大部分時間裡，我從後面抱住同樣蹲坐著的另一個男孩的脖子，左邊的面頰貼著他刮得光滑的後腦勺，幻想著那些還沒有被運進城裡來的色彩繽紛的雞，鼓動著翅膀，從我們的頭頂飛過。然而，當我張開眼睛，卻總是看到對街那些擠在籠裡的女人已冷得一動不動，沉默，彷彿不過寒冷街景的一部分。警察們偶爾把女人的頭顱硬拉出來，塞進大衣裡，我們才能聽到從那裡傳出來的，唧唧的聲響。纏頭巾的男孩這時會擺出一副不屑的表情，獨自抽起煙來，卻不再分給我們一口。

我們不久便發現，漸漸多起來的途人對我們的貨物其實不屑一顧，他們只是在街道上徘徊，煩躁不安地盯著籠裡的女人。人群究竟是何時聚集起來的？我們跑上橫跨兩條街道的天橋，第一次發現我們城市裡的男人就像老鼠一樣多，人龍沿著長長的街道，一直延伸至海邊——那個母親們被拋棄的地方。我們城市裡留下來的，就只有這些男人了。我們悲哀地意識到，相比之下，籠裡女人的數量卻少得可憐，我們將不可能分得她們其中的任何一個。

纏著頭巾的男孩不知在甚麼時候已經離去，連同我那枚新簇而閃亮的不鏽鋼校徽，他們帶來的手帕、拖鞋、蠟燭……都一併不翼而飛。道路上也沒有我們的位置了，蜂擁的人包圍著那些警察與籠子，我們只能彎身從他們的腿縫之間找到離去的路。

回到家裡時，客廳的地上水布滿了水漬。妹妹坐在巨大的塑膠浴盆裡，整個身體被熱騰騰的水淹沒，只露出一個細小得可憐的頭顱。

「今天晚上沒有吃的了，父親拿走了我們所有的零用錢。」

我奇怪我並不感到飢餓，只是故意張開雙手，誇張的告訴她說：「你沒有看到，她們都擁有皮球一樣巨大的乳房。」

然而，妹妹看來一點也不感興趣，她只是專心地擺弄著浮在水面上的毛巾，把空氣擠進去，讓它鼓成球狀，然後又把它捏扁。「難保一天，我也會像她們一樣，被當作母親的替代品，運送到另外一個城市裡出售。」

「那麼，到時候，你便會知道我所能賣得的價錢。」妹妹得意地笑著，瘦削如竹的身體突然從水裡冒出來。

莫名的憤怒驅使我把妹妹重新按進水裡，浴盆被推倒，熱水與泡沫流瀉了一地。妹妹的叫喊與掙扎是毫無意義的，她應該明白，父親和其他的男人大概已把街道上那些籠子洗劫一空。如果我們現在再次爬上橋，便會看到大街上一片荒涼的景色，像河水乾涸後空虛的河牀，一直延伸至黑暗的夜裡。

三月寧靜

三月被染成灰色的微雨包圍，城市的道路卻如僵直乾涸的河流。帶著魚一樣的靈魂，人群無可無不可地從落下了閘的店鋪前經過。自巴士上下來，我們同樣默默無言地走著。偶爾，我抬起頭來，才發現妹妹已經變成了恍惚的光影。城市這樣沉寂並不令人驚訝，令人驚訝的是，我們竟能咬著牙關忍受過來。

走出了被大廈圍堵起來的街巷，我們看到了海。但海的另一面也是灰濛濛一片。我想起在夜裡，妹妹就像黑色的蜘蛛蟄伏在對面的廣告牌上。不過，那也許只是一種錯覺，因為更多的時候，我看見她兩手勾住晾衣服的鋼架，在我的窗前露出只有眼睛的半張臉。我望了望枱頭的時鐘，那是清晨時分，我走出自己的房間，沙發上剜空了微暖的一塊，仍保持著隱約的人形。水龍頭艱難地聚結成的水點猛然往下墜，我回過頭去，窗外仍然是那些灰色的雨，淡淡的散發一股鐵鏽的氣味。

拿著電筒在屋裡巡行時，我無意中在書櫃與唱片架之間發現站著入睡的父親。從我手裡漏出來的光像一把鈍拙的刀，把父親的臉猶猶豫豫割出了巴掌大的一塊，再從他鬱結的喉頭糾纏不清地穿過。我從口袋裡摸出小刀，蹲在地上再度進行刺氣球的遊戲，啪啪啪的響聲在灰暗的屋子裡猶如微弱的火光，流螢一樣竄動，最後成為一堆塑膠屍體散落在父親的腳邊。

整個下午是靜止的，除了我看見妹妹躺在飯桌上，把裙子翻起至胸部以下。自天花垂下來的燈泡虛假地照亮了妹妹那本來只是微微隆起的肚皮。但它逐點逐點的鼓脹起來，漸漸像一隻巨大而飽滿的雞蛋。我爬上桌子，就在妹妹的身旁躺下，也把衣服翻起來。我閉上眼，感到降在上面微微的暖意，直至我再睜開眼睛，四周並無一點光。

我們再度結伴到街上去時，妹妹的肚皮已經脹得像臨盆的婦人。在一條我們經過了無數次的燈柱下，她突然把裙撩起，露出光滑圓渾的腹部，示意我以刀刺向她。我站在原地，以目光期待父親從他的褲袋裡摸出刀，並且毫不猶豫的衝向妹妹。

街道上的人紛紛把目光投向我們，像一整個森林的葉子向這邊抖落。父親把刀從妹妹身上抽回，向後跌了兩步。我們都期待著甚麼發生，但妹妹沒哼一聲便倒在地上，像一個被風雨侵蝕年代久遠的雕像，輕輕一推便散成沙泥。然後便只有空氣，默片的氣氛，一切凝結成一個灰黑的畫面。雨好像一直懸浮在半空，只是發出沙沙的雪花的聲響。

四月懷孕

四月再次有大批懷孕的婦人湧進城市，這段期間，我們一直與狼同住。

狼最初披著婦人的外衣，在一個黑夜混進城市裡來。當那些婦人闖進別人的居所，狼卻闖進我們的。

「她們佔去我們最大的房間，並且把收藏經年的酸菜通通吃掉。」

我們難以說出狼與那些婦人的分別，但當鄰人這樣抱怨的時候，我們便不禁慶幸，狼最多只會在我們的房子裡竄來竄去，舔吃空氣中的塵粒。

孕婦整天嘔吐聲大作，狼卻沉默地鑽進我們的浴室。在洗手盆底那潮濕而陰涼的暗角裡，牠合上眼睛。每天，我們就在狼的跟前脫去衣衫，露出裸體讓花灑灌溉。這時，狼會張開眼睛，怔怔的打量我們。

我記不起，狼在甚麼時候開始，終於同意跟妹妹同牀，並且與我們同桌吃飯。那時城市裡的醫院仍然擠滿了等候墮胎的婦人。婦人們拿掉了胎兒以後，便會回到她們居住的地方。只有狼一直在等待牠的嬰兒出生，不知道歸期。

我們把醫院後面廢棄的胎兒偷偷運到家裡，一盤子一盤子盛在狼的跟前。但狼吃得很少，並且偶爾在晚飯的中途，獨自到窗前徘徊。我們知道，牠始終盯著那一所醫院。

「不殺死下一代，我們這一代便會滅絕……」我企圖向狼解釋這裡發生的一切，但狼轉向我的臉並沒有表示理解。狼對於這座城市愈來愈無法忍受，然而，作為一位母親，牠還是默許了自己的孩子在醫院裡降生。

我們是在一個早晨把狼送進醫院的。那天，狼的肚皮終於鼓脹起來。醫生就在我們的跟前剖開狼的肚腹，取出一團血淋淋的物體。一如我們所料，那並不是狼的嬰孩，而是仍在熟睡之中的妹妹。

狼的肚腹非常溫暖。妹妹告訴我們，她從未睡得如此安穩。

「那實在是一個適合孕育嬰兒的地方，但狼並沒有懷孕。」醫生說：「可以使牠懷孕的狼群已經滅絕了。」

來到這個城市的孕婦仍絡繹不絕，但我知道，最後一隻狼就這樣在我們的醫院裡死去——即使，妹妹有一陣子總是堅持，她是狼的後裔。

五月鳥

五月沒有值得記下的事，除了父親購入一台巨大的冰箱。

「它巨大猶如一頭象。」冰箱被搬進家裡時，我告訴妹妹說。我們看著父親把手探進它更深的內部。「只有把它徹底掏空，才能放進所有死去的鳥。」

氣象專家建議我們從身體散發出來的臭氣推算城市毀滅的日子：「任何事情結束前自會有它的徵兆，就像季節的變換一樣。」

「我懷疑這樣的時刻已經到臨。」我告訴妹妹說。那是在中午氣溫驟升的時候，我們因為無法忍受彼此的氣味而走出屋外。父親假裝打電話到某個政府部門查詢，然後隨便編造一個謊言：「這一切的起因是鳥。牠們圍繞著大廈低飛，並且死命地撲向緊閉的窗。鳥是罪惡的源頭，牠們把疾病從一個城市帶到另一個城市。」

我嘗試側耳傾聽，懷疑那是風穿過我們身體的聲響。直至後來，我才在浴缸裡看到牠們。所有的鳥都合上了眼，疲憊的頸彎彎的垂到柔軟的胸前。我把牠們撿拾起來，丟進垃圾桶裡去，但我發現垃圾桶也充塞著血腥的氣味，紛擾的羽毛飄起。我回過頭去，妹妹就站在玄關處，蒼白的兩手垂下。她說，她終於把所有的鳥殺死，以他們建議的方式。

父親把鳥的屍體逐一塞進巨大的冰箱。我們開始每天吃用鳥做的晚餐。他把一盤一盤鳥肉端出來，分量大得驚人。妹妹的神色淡然，叼起鳥細小的頭顱，便像蛇一樣迅速地把整隻吸進嘴裡去。這時，我看到她兩腮鼓脹成青蛙狀，便不願意再看她一眼。

關上門後，我躺在牀上，感到自己是一片柔軟的泥土。我聽到微小的聲音，猶如鳥的翅膀撲動，彷彿我們還沒有完成的動作。雨在遠處落下，一些甚麼便從我身體發芽。

然而，鳥還是陸續從這個城市的上空經過，妹妹說。但我只是看到雨後的黴菌長滿房子的每一個角落。我的臉我的身體，無處不被綠色的細毛覆蓋，怎樣也無法洗刷乾淨。我質問父親事件發生的因由，而父親只是提著皮箱告訴我們說，時候已經到了，每個人都必須遠離鳥群聚集的地方，尋找新鮮的空氣。

父親離去後，我和妹妹迴避彼此的身體，只是共同分吃死去的鳥，直至某日我打開冰箱，在冰冷的鳥群中發現蜷縮的她。蒼白的妹妹呈現出溫柔的姿態，但身體卻僵硬如鐵，除了臉上的霜仍在聚結，似乎不會再產生任何變化。我關上冰箱的門，發現強烈的臭氣並沒有消失。四周沒有一點聲息，而鳥正在無形地飛行。我再不相信任何人，包括我的父親，能辨別這種氣味的源頭。

六月氣球

霧氣不過是五月剩餘的殘酷。他們安慰我，並以韁繩牽引我盲目的身體，穿過六月的荒野，彷彿我是一匹失去頭顱的馬。

我聽見遙遠的父親在我的左耳裡宣判死亡，妹妹卻把舌頭從我的右耳拔出。在耳膜破裂的巨響中，牠的身體如塔傾倒，血液便像流瀉的酒，滲進泥土。他們停下來，俯伏於地，在舔喝後漸漸進入亢奮的狀態。

我的頭顱脆弱如瓷。妹妹小心翼翼地，把它放進一個密封的盒子裡。盒子被暴露在高速公路的中央。妹妹開始背向著我奔跑時，我目睹我的四肢和肚腹，我的背部和乳房，全都在她的手提籃裡顛簸起伏如浪。每一次，她的手張開來，散播它們如春天的種子，我便憶起，父親向我們述說過的歷史：

「屠殺平靜地發生在某一個星期天，腦袋被悄悄置換成氣球的早上。人們如常離家，在火車上相遇，沒有人聽見其他人說出任何一句話，沒有人叫喊。只有當列車急煞時，他們輕飄飄的腦袋才向同一個方向傾斜，裡面全是關於死亡的夢。」

高速公路上沒有馳過的車輛，只有修築道路的工人。他們在單數日裡鑽探地面，雙數日裡重新修補。我埋怨自己沒有遮掩雙耳的手，他們便一起回過頭來，咧開的嘴裡叼著一根燃燒中的菸。他們著了火的臉無比青春，我無法不感到自己已經死去很久。

現在你才剛剛誕生。妹妹在我的耳洞裡吹進一口氣。馬路兩旁的杜鵑花開如雪。我沿著妹妹纖細如絲的聲音滑入睡眠後，開始夢見我青澀多毛的腿，密密麻麻的長成了林；我飽滿的乳房棗紅色的乳頭，結滿每一棵樹；嘴巴張開在公路每隔十米的路段上唱歌；在道路盡頭，我堆疊的屁股圓渾如石，讓所有企圖攀爬的人都滑倒在地上。

我把夢境告訴修築道路的工人，他們卻說，他們清楚看見我在大街上走動，身體僵硬猶如木偶。「每踏出一步，你的四肢便互相撞擊，發出劈里啪啦的聲響。」「你的下顎時常在不適當的時候跌落，露出過於驚訝的表情。」「有時，你的兩個膝蓋同時滑走，被小丑撿拾起來，被拋擲如同幻彩的皮球。」「雖然非常艱難，但你一直向前走。當圍觀的人漸漸散去，你的父親總是仍然站在隱蔽的角落裡瘋狂鼓掌。」

修路工人再一次炸毀他們鋪好的路面，亂石飛舞如雨。我詢問他們道路啟用的日期，他們便告訴我：當濃霧出現時，無頭的馬匹時常在公路上奔馳，那些喝醉了、的馬伕卻倒在路旁做夢，嘴角流淌出紅色的唾沫，姿態彷彿剛剛被殺死的途人。

屠殺的歷史像故事一樣被述說後，妹妹開始了她收集氣球的嗜好。她把氣球安置在所有失去頭顱的玩偶上，再以剪刀釋放它們。我看著安靜地飄進半空的氣球，感到自己的脖子軟綿綿的無比脆弱。「獨裁者就是那個拿著剪刀的人。」父親説：「他使所有的氣球在同一天裡上升，把城市的天空遮蔽。可惜那天沒有一個人能夠抬頭，觀看那個壯麗的場面。直至人們的頭顱在春天裡重新生長出來時，他們已經失去了屠城的記憶。」

無頭的馬越過高速公路以後，我懷疑自己根本沒有離開死者的夢。四周空無一物，除了牽著紅氣球向我奔來的妹妹。我聽見刺耳的金屬聲漸漸擴大，來自她不斷開合猶如上了發條的嘴巴。妹妹的牙齒在第一次觸碰我柔軟的脖子後，迅速變成兩把鋒利的鋸。鋸齒一再刺穿她嘴巴四周的皮肉，製造出半張已經被咀嚼得稀爛，無法辨別表情的臉。

七月雨

雨並不是從一開始便落下來的。
必定是有一些甚麼消逝了以
後……
……就像他必須打著傘從
街上走過，
那是在失去了其他抵抗

方法以後。

作為這個城市裡的最後一
位思想家，他的傘
也是從店裡買來，而店的擁
有者是剛進入發育
時期的K。

在K還
沒有生產能力以前，店裡所
有的傘都是撿拾
得來。它們的特點不止於
經受不起風雨。

但願傘能把C吃掉。

從頭顱開始，逐點逐點的把
他吃掉。

K想。

K並不是一個殘酷的
人，而只
是認為，當他消失了以後，這
個城
市枯死的植物也許
便能重
新生長出來。那便好像，
每一次K把未經烹調的茄瓜吃
掉，身體便會長出一些鮮嫩的肉來。

八月石頭

八月像一陣風，吹動了我們閉塞的耳朵，便有許多鼓脹的帆，停在灰色的海灣裡。倖存的鳥低飛，貼近水面，有些人聽見貨船泊岸時尖銳的號聲。

船上是從另一個城市運來的衣服和食物，染滿了繽紛的毒色，許多人伸出雙手去迎接。許多人笑，活在幸福的窗子裡。窗子很高，高在我和妹妹踮著腳都看不清楚的半空。他們的世界一定異常寧靜，他們關上窗，定時聽關於颱風的消息，吞吃安眠藥，並且都睡得很好。

妹妹和我卻留滯於河邊。

河流在我們這座城市與另一座城市之間，深綠得彷彿並不存在。刮風前的空氣裡懸浮著一層不透明的膜，我們無論如何前行，都無法把它穿透，只是足夠走近河流。河水那麼污濁，妹妹卻說，她能夠清楚看見那些沉澱的石頭。

那些其實不是石頭，妹妹說，她聽到嬰兒啼哭的聲音，來自它們的內部。而我卻想起一個像母親子宮一樣的洞穴，裡面爬滿了還未成熟的嬰兒胚胎。色彩繽紛的玩具都等在他們前面，他們觸碰玩具的手指被染成紅，或綠，他們舔自己的手指，他們笑，而他們不知道，自己其實在顛簸的貨車車卡裡，被肩膀紋有烏鴉的大漢駕駛著，在不同的城市裡流轉。

我忍不住再次喃喃說起，妹妹不曾經驗的歷史：那時候，母親們和那些雞隻，都被運到海邊，集體傾倒。在那以後，城市裡的女孩便不再成長。她們貧瘠的乳房缺乏聳起的力量，她們的手都很小。她們也和男人親近，有的坐到父親的大腿上，被他鬍子沒有刮乾淨的嘴親吻，和挑逗，但過後卻總是歪斜地睡著了。

工人們打開貨車的升降板時，女孩們都在午睡，臉上呈牛奶色。沒有人知道，如何能夠把嬰兒的胚胎，送進母親的子宮，只是能夠讓他們像果實一樣，胡亂開在女孩們夢裡的花園。她們實在也喜歡飽滿結實的嬰兒，只是無法忍受突如其來的哭聲。她們夢囈的聲線充滿熱情：毒死它，毒死它。父親跪在地上，吻女孩們凌亂的腿。

妹妹說，她沒有睡著，只做了短暫的夢。夢裡她們手抱血淋淋的嬰孩，來到河邊，俯身掩埋，就像埋葬她們玩耍時不小心打碎的玻璃瓶子，然後，把手探到河裡去，清洗濃稠的血漬。當她們的手像嬰孩一樣乾淨，便可以迎接新的禮物。這其中包括了，父親愉快地為她們搜購的，從另一個城市運來的廉價糖果，它們的顏色比任何一個女孩的嘴巴都要艷紅。

我想念在另一個城市裡，母親們的臉——雖然河裡只有被倒映著的我和妹妹，靠著彼此，非常接近睡眠。這時，我彷彿也看見，臉孔發白的嬰兒。在颱風來到以前，他們只會像石頭一樣，在平靜的河水裡，不發一言。

九月飄浮

直到城市在九月的風季裡失去重力，妹妹終於浮到了半空之中。

我跟每一個人說，並不喜歡飄浮的妹妹。「有時，她的聲音太輕太細，而且像雲一樣遙遠，我根本無法聽清楚她在說些甚麼。」我沒有說的是，有時，她像鳥一樣降落在我肩膀，柔軟的足踝觸到我左邊的臉頰，使我內心震動，即使我看也不看她，只是把頭壓得更低，觀察她與我相連的影。然而，人們根本沒有留心我在說些甚麼，也沒在意妹妹的變化，他們只是都被電線杆上的體操運動員迷住了心神。

體操運動員就是那些還未開始發育的女孩。她們坐在城市中央的電線杆上，已經整整一個月了。本來，我們都以為，她們每天在電線上翻筋斗、旋轉、倒立，以及抱起一條腿，高舉過頭，不過是暫時的事。「她們一定在等待到B市去的機會，據說，那裡正在舉辦盛大的運動會。」然而，父親卻說：「一切並不可能。你沒看見她們都赤身裸體，沉默如啞，根本沒有人能夠辨別出她們的國籍。」

沒有人像妹妹那樣飄浮起來，來到和她們一樣的高度，於是也就沒有人知道，她們是真的沉默，還是只是聲音輕微，如雨。體操運動員像是不怕風，不怕雨，也不像妹妹那樣，在陽光猛烈的時候，便需要蜷縮起自己的身體，藏身在葉子之間。後來，人們甚至發現，她們根本不怕火。

作為對運動員意志的測試，一天夜裡，有人悄悄點起了一把火。在熊熊火光中，運動員柔軟的身體像是蜜蠟一樣快將融化，卻因此加緊做出了難度更高的動作。失控的火使大部分人畏懼，包括了縱火者。如果不是父親和另外幾個男人的撲救，運動員肯定會全被燒成焦炭。隨後，人們便得出結論：她們仰賴的並非意志，而是昆蟲一樣的盲目。

「她們終於會自行掉下來的，當身體漸漸發育起來，變得更為沉重。」

有人在電線杆下擺放肉類和牛奶，期望她們更早的爬下來，成為行走在地上的女人（畢竟，在我們的城市裡，女人實在太匱乏了）。但不久以後，便有政府衛生部門的職員前來，封鎖了電線杆附近的道路。「她們是城市的公共資產。」他們說，並開始每天向運動員拋擲混和了藥物的穀類，想要抑制她們骨骼和肌肉的生長。

人們雖然憤怒、哀傷，但只敢抱怨：「不久以後，若不付錢，便再也沒有人能夠觀看她們奇異的身體——更不用說捕獵，以使她們成為自己的女人。」

雖然，我也拿著望遠鏡，混在流連不去的人群當中，但顯然沒有人知道，我想要在天空尋找的，其實是飄浮的妹妹。我認識我身邊的人群，因此，並不願意妹妹的身體終於又落到地上來。然而，我也早已從家裡的抽屜找來一卷長長的魚線，藏在我握成拳頭的手裡。只要妹妹再次落在我的肩上，我一定以它緊緊纏住她的足踝，那麼，即使她將變得更輕，我也可以牢牢地抓住她的身體，像抓住一隻紙鳶。

十月偷竊

十月的清晨時分，妹妹的門牙悄然掉落，父親再一次托著腫脹的腮，抱怨著牙痛出門去。

「大概是盜牙黨所為。」無牌牙醫一直無法解釋父親牙齒表面那些無端出現的磨損痕跡，直至沿著新聞報導提供的暗示，他才終於下了結論。「盜牙黨在夜裡潛進人們的住所，以大麻麻痺人們的神經，再把完好的牙齒一顆一顆拔下來，運到鄰近的城市變賣。」「只是，他們從沒想過會遇到這樣頑強的牙齒。」

父親回來後，便把所有門窗鎖上。「我們居住的城市愈來愈不安全了。」他皺著眉說。我們卻不禁竊笑。十月的夜裡，妹妹和我的夢常常逐一被嘣嘣的聲響敲碎。我們睜開眼睛時，發現洗手間裡有光。從門縫探看，鏡子裡的父親手執鐵鎚，張開一個血口，比任何噩夢的景象更為鮮活嚇人，我們便知道，夢遊中的父親果然再次拿起鎚子，猛力敲鑿自己的牙齒。

沒有人能不羨慕，父親那些堅固如磐石的牙齒。我帶領妹妹向家裡神台上那副假牙進行跪拜，並且告訴她說，在她還沒有出生以前，城裡假牙的價格幾乎等於一輛汽車。雖然父親從小便開始了假牙的供款計劃，母親從另外一個城市來到這裡時，帶來的卻只有她自己的牙齒。我曾經以為他們將會輪流使用一副假牙直至老死，但還沒有到牙齒衰敗的時候，母親已經葬身於大海裡，屍骨不存。

妹妹張開嘴巴，露出有待填補的空洞，發出的聲音成了難以明白的暗號。我只能猜測，對於母親，妹妹根本沒有一點記憶，即使我反覆述說，在她出生那一年，所有的母親以及雞隻如何忽然變成了垃圾，它們被集體麻醉，運到海邊傾倒。我漸漸懷疑那不過是夢裡的景象，除了我以外，再沒有人曾經看見海面上的那一大群發脹了的母親，以及成千上萬鼓起翅膀在半空盤旋的雞。

我企圖找出早年掉落的牙齒，但地板暗格裡卻只有血跡還沒有乾透的妹妹的門牙。如果父親的頭髮都花白了，牙齒仍然剛強如鋼，那麼將是我還是妹妹繼承那一副假牙？城市的假牙不住降價，妹妹的牙齒卻總是還沒有長齊。我小心撿起妹妹掉落的門牙，偷偷藏在別的地方，並且懷疑妹妹也曾那樣對待我的牙齒。而到後來，我們將分不清楚，哪些才是自己失去的牙齒。

十一月蝸牛

氣候還未乾枯成秋季，從內部死去的樹卻已經紛紛倒下來，竄改了城市的道路。於是，在一個環形裡，迷路者與迷路者相遇。

並沒有甚麼可以懼怕的，即使人們發現，樹木已經被蛀出了無數的洞，風過時，便可以聽見，猶如笛子被吹奏的聲響。然而，當目睹蝸牛在眼前經過，有些人便再也沒法掩飾，內心的疲憊。有些人，掩面而哭。而妹妹説，她只是，感到一種柔軟的痛，像一株彎彎曲曲的水生植物，移植自陰鬱的河道。

並沒有其他辦法。我說。然後，我們便蹲下來，一同察看，微小的蝸牛，以及牠們蠕動的路線。總是在殘缺的葉片背後或是在老去的木頭裡，我們發現牠們蜷曲的身體，密密麻麻的，依附在另一種生物之上。妹妹說，必須要能夠承受痛，才能夠保存內心的植物。於是，我也把那些蝸牛重新遮蓋好，並放棄了殺死牠們的念頭。

父親曾經告訴我們，在蝸牛行經的地方，牠們不單留下濕潤而閃亮的痕跡，而且也總是播下令人迷惑的氣味。當氣味把道路的分界徹底破壞，蝸牛的行動便會更為放肆。然而，蝸牛的身體如此脆弱，我們只是害怕，一不小心便會把牠們踏碎。

蝸牛的緩行像是漫無目的，只有，當一些迷路者頹然倒在地上，牠們便悄悄地鑽進他們的衣領。誰也沒有意料到，這恰恰是人們所渴望的。對於這種黏答答的生物，儘管他們露出厭煩的表情，卻沒有人願意反抗，只是為了減少恐懼，便閉上了眼睛。我無法探知，蝸牛在每一個人體上爬行的路線，但卻能從人們的臉上，看到令人依戀的地圖。而迷路者就都這樣沉睡過去了，在不知不覺之中，呈現出蝸牛蜷曲的形狀。

妹妹說，一定是某種痛，使我的額一直冒汗，我卻只是感到，妹妹的手已經如流水般無法捉緊。但畢竟，我們都並未彎曲成蝸牛藏身的硬殼。空氣中的水分漸漸散失，迷路者的皮層，也已經風化成螺旋狀的軀殼。在他們的內部，是否還存在柔軟的部分？我把耳朵貼在一具沉睡的身體上，但只是能夠聽見風聲的流動。

十二月失蹤

雖然，城市每一條道路都有著分岔的末端，像樹的枝幹那樣朝不同的方向伸展，但我從沒走到過未被發現的地方。沿不同的道路，我只是回到居住的房子，而門後面總是父親已經僵硬的表情，像乾裂的樹的表皮，準備隨時剝落。

「錯誤的理解源於錯誤的比喻，城市的變裂只是像癌細胞一樣，而不是像樹。」

空氣像死水一樣已經不知道是第幾天，每個人都緊繃著皮肉，彷彿期待災難像炸彈一樣爆發，然而，直至星期天以前，人臉仍會如常在我旁邊穿梭，我還是沒法尋找到失蹤的那個人。

「他的代號是N，他的嘴唇是薄而柔軟的，牙齒非常適合於咀嚼泡泡糖。」妹妹走進警察局的時候，對裡面唯一穿著制服的男人說。男人正在專心地玩一副丟失了其中幾塊的拼圖。「已經許多天了，我一直無法把他的樣貌完整地拼湊出來。」妹妹端視男人的臉良久，回家時，她告訴我說，懷疑他的名字正是N。

收音機裡說，空氣裡的濕度降至近年最低，然而，窗外的樹枝卻瘋狂地生長。妹妹攀附在沒有一片樹葉的枝幹上，像一顆錯亂了季節的果實。她告訴我，只有在那個位置，失蹤人的臉才會像朦朧的月一樣，在她的腦裡升起來，每次她爬下樹來時，關於那張臉的記憶便會迅速散失。我拿著筆記本子，趕緊記下妹妹在樹上說的每一句話。我們都知道，星期天的黃昏，父親便會搭起長梯，修剪樹木多餘的枝椏。

警局裡的男人把殘缺不全的人臉拼圖貼滿整個城市後，每一個經過的人都在上面看見自己的臉。他們紛紛走進警察局，把裡面為犯人而設的每一排椅子坐滿。無所事事的人們喜歡咀嚼一種泡泡糖。當泡泡從他們的嘴裡生長出來，並且逐一爆破的時候，塑膠的薄膜便緊緊罩住了他們的臉，使他們幾乎無法呼吸。妹妹說，那時候，她誤以為自己是一頭獵犬，因而用鼻子湊近每一個人的身體。

「沒有一個人可以從他們的臉上辨認出不同的臉，正如沒有人能從他們身上分辨出不同於另一個身體的氣味。」

當妹妹發現我開始窺視她的臉時，便戴上了面具，並且把另一個面具借給我，警告我必須以背，貼著她的背行走。「那麼我們可以同時看見前後兩個方向，並且沒有人能夠窺見我們的臉。」

我願意這樣一直忍耐至星期天的下午，並預計，那時我將從妹妹的背面開始，一直向前走，直至以為走到了一個陌生的路段，而父親早就在半途等待著我。我嗅到空氣中不勝負荷的氣味，估計爆炸將會在我抵達他面前時發生。屆時，他的臉將變得空空如也，手表上的指針停在沒有刻度的地方，而它指示的方向，正好埋藏著我要尋找的那個人。

一月樹

宇宙的轉動沒有偏離它的軌跡，然而一月的城市卻顯得格外巨大。所有的樹都在道路前方，無論怎樣前行，它們仍在道路的前方。

謊言像氣泡一樣被戳破以後，房子便一所接一所的倒塌。突然暴露在空氣裡的人，沒有一個不是瘋狂的。他們的眼睛都被變了色的樹葉染成深紅，嘴裡發出乾燥的咆哮。清掃落葉的人只有一組重複的動作，而身體已經快被行人注視成蜂窩。人們的抱怨單調乏味：沒有甚麼是可以信任的，就連樹葉的顏色也不可以信任。他們喃喃地說，放任自己活在夏天青綠色的記憶裡，腳一旦踐踏在血色的落葉上，便感覺耳朵被玻璃的碎片割破。走過我旁邊的父親終於禁不住揮動他的拳頭，我蹲下來，用一隻手掩住左耳，因為只有我右邊的耳朵，才能夠諦聽來自妹妹的微弱的聲音。

妹妹並不在瘋狂的人群當中。我懷疑她的身體就藏在泥地裡，而且正在變形。她的聲音已經開始像蛇，但她說她只是來到一棵樹下。「也可能，那是一個偽裝成樹的男人，他的頭髮散發出蘋果的氣味，我決定要栽種他。」妹妹的話使我感到憤怒。不久以前，她還在玩弄我送她的無耳布偶。她睡時把臉貼在它嘴唇上，她的手把它捏得很緊。只是在夢囈的時候，她回過頭來，向我講述無人能懂的故事，而舌尖總是潤濕我右邊的耳輪。

我無法辨認妹妹所說的蘋果樹，正如人們無法找到他們夏季裡認定的植物。四周的人開始在每一棵樹上塗上一模一樣的綠色油漆，並且盲目地挖掘樹下的泥土。他們用心回憶自己在夏天裡埋下的東西，直至它們填滿了他們的腦袋。他們都感到頭顱非常的沉重，身體東歪西倒。為了挖掘出來的骨頭、電池，以及破碎的瓷器，人們爭吵、打架，傷痕纍纍。我避開扭打中的瘋子，小心察看所有敞開的泥土，卻沒有發現妹妹的蹤跡。

當人們開始感到疲憊的時候，有人建議他們應該在各自身上掛上顛倒的時刻表，作為對秋天的抗議。人們默默地接受了，並像往常一樣，漸漸忘記自己失去了一些甚麼，只是想要休息。清掃落葉的人被調走以後，政府派來了建築工人。大部分的人停止詛咒變了色的落葉，只是看著工人再次建起那些隨時倒塌的房子，並為它們塗上無法辨認季節的色彩。沒有人願意承認，但其實誰都渴望可以有秩序地回到房子裡，舒適地等待下一次的災難。

土地被扒開的窟窿逐一被蓋好，地下的世界在一個夜裡就會被遺忘。但我卻無法忘記妹妹在夢裡述説的故事，以及她蛇般的舌頭。我幻想妹妹正在努力栽種她的蘋果樹，以她日漸豐饒的身體。父親像大部分的人一樣，已經沉睡過去，只有我向著無耳的布偶祈禱。我祈求一場能夠把油漆沖走的雨，好讓我能夠辨認出蘋果樹的色澤和氣味。當我從泥土裡挖掘出變成蛇形的妹妹，她張開眼睛，剛剛從冬眠的狀態醒來，將會告訴我許多故事。

一一〇一一

後記

後記

畢竟，在那張將我們分開的桌子下，
我們所有人不都偷偷地握著手嗎？

——布魯諾・舒茲〈書〉

這本書的出現，源於一些確切在我居住的城市，或就在我眼底下發生的事件。最接近非虛構的〈Contagious Cities: Hong Kong〉，是二〇一八年應 BBC Radio 3 之邀寫的廣播節目底本，在一個狂暴的雨天裡，我和製作人曾經跟隨教授P，到沙士疫症爆發的酒店裡，尋找那消失了的 911 號房間；即使讀起來最不「寫實」的〈月事〉，許多篇章，也都是由報章新聞所觸發。

正正因為一切撲面而來，這裡寫下的文字，或竟是由無語連結起來的；省略號一樣的黑字之間，真正要說出的，是那些無聲與空白。

寫作時間上最遠，曾經以手作書形式在二〇一〇年出現過的〈月事〉，並不完全是寫出來的，即使它現在成為了另一種樣態，但我仍記得它連繫著自己當初獨自在工廠大廈裡，把泥灰一樣的紙鋪滿地上，一頁頁貼成書的陰鬱動作。那時，在一種必須加速發展的社會氛圍裡，背向電視新聞愈來愈讓人無法忍受的謊言，我看到城市的運轉，更像是生理期式的、月事一樣的輪迴地獄。

然後，便是更深、更急速的毀壞。

無語。但那並不是一種靜止的狀態。只是當看著社交媒體上湧動的言辭，喉頭連同舌根顫動；只是當獨自鑽進人群之中，不想言說，不想結伴同行，不想在日常的對話裡，依從慣性，自動生長出一張正常化的臉，讓暫時的語辭取代那還沒有說出的，不想讓一種虛弱的現實仍然能夠勉力維持。

二〇一九年，酒店爭相割價的那段日子，有好幾天我搬出了平日的住處，獨居於酒店房間裡，好像要把一種液態的火焰，暫時裝進一個瓶子，把那些還沒有辦法說出來的話，用一種真空容器把它保存下來。〈逝水流城〉某些核心部分，就在那時候完成。

十年前寫下〈月事〉的時候，感到書在自轉中已經完成，不一定要交到讀者手裡；但如今在禁閉房間裡寫下的〈流城〉，那些被裝進瓶子裡的文字，卻是希望拋擲出去，抵達某個收件者的。或者，就像舒茲所形容的那樣，這書有一隻手悄悄伸出，並懷著一種渴望——在桌子下那些秘密地握住的手裡，我們將會「抓住、接過並認出那熟悉的事物」。

無遮鬼

作者　謝曉虹
責任編輯　鄧小樺
執行編輯　黃小婷
設計排版　石俊言
封面插畫　鹿鳴
校對　安東尼、黃潤宇、勞緯洛
雷暐樂、劉梓煬、賴展堂
出版　香港文學館有限公司
香港灣仔軒尼詩道三六五號
富德樓一樓
info@hkliteraturehouse.org

香港總經銷商　春華發行代理有限公司
香港九龍觀塘海濱道一七一號申新證券大廈八樓
852-2775 0388
admin@springsino.com.hk

台灣地區總經銷商　紅螞蟻圖書有限公司
台北市114內湖區舊宗路2段121巷19號
電話：02-27953656
傳真：02-27954100
red0511@ms51.hinet.net

版次　二〇二〇年十一月初版一刷
二〇二一年三月修訂一版一刷
國際書號　978-988-79889-0-8
建議售價　港幣一百一十元／台幣五百五十元
上架分類　香港文學，小說
鳴謝　艺鴿